鍵のかたち

実浩は意を決して雅人のほうを向くと、そのまま物言いたげな唇に自分のそれを一瞬だけ合わせた。触れてすぐに離れる、短いキスだった。

鍵《かぎ》のかたち

きたざわ尋子《じんこ》

ILLUSTRATION
Lee《リー》

CONTENTS

鍵のかたち

◆

◆

鍵のかたち

電車の窓に映る自分の顔は、不機嫌を絵に描いたようだと有賀雅人《ありがまさと》は思った。

切れ長の目はもともと柔らかい雰囲気を持っているわけではなく、黙っているだけで、何を怒っているのかと言われたことも何度かあった。標準よりかなり高い身長も相手によっては見下ろされる感じがして嫌だという。

ましてこの仏頂面《ぶっちょうづら》だから、仕事中にも何度か周囲が様子を窺《うかが》うような接し方をしてきたものだ。

周囲の期待や評価がどうあろうと、プライベートが仕事に影響するようではまだまだである。他人に八つ当たりするわけではないが、気を遣《つか》わせているようではまずいだろうし、二十代も半ばを過ぎたのだから、いつまでも子供みたいにむやみやたらと感情を撒《ま》き散らしているわけにもいくまい。それに雅人の立場は、彼のいる業界において何かと人から注目されるし、羨望《せんぼう》もやっかみも受けやすい。人より品行方正にあろうとしているくらいでちょうどいいくらいなのだ。

二十六歳の雅人は、一級建築士としてのキャリアが極めて浅い。だが都《と》のデザイン賞を事務所として取《と》ったときに、中心となった人物ということで脚光を浴びた。もっともそれ以前から、彼の名前はかなり知られていた。

それは彼自身によるものというより、偉大な父親によるところが大きい。

雅人の父親・有賀久郎《ひさお》は、日本を代表する建築家である。建築界のノーベル賞とも言われるプリッカー賞を取り、フランスの建築アカデミーでもゴールドメダルを獲得した。アメリカの建築家協会やイギリスの王立建築家協会の名誉会員でもあり、先のアカデミーの正会員でもある久郎は、国内外のホテルやビルは当然として、スタジアムや美術館や劇場、果ては某国の国際空港といった桁外《けたはず》れの仕事で高い評価を受け続けている。

久郎には三人の息子がいて、それぞれに同じ世界に入っているが、最も期待されているのが三男の雅人、ということになっていた。その才能が、まだ学生の頃から取り沙汰されていたのは事実だった。

雅人にとっては喜ばしくもあり、重くもある話である。

早く着くことを期待していた駅から、乗客が何人か乗り込んできた。

通勤電車の中は、疲れた顔の会社員でいっぱいだった。五十を過ぎているだろう男も、まだ二十歳《はたち》そこそこだろう女も、うんざりするほど疲れた顔をしている。

そんな中で、雅人の目にはたった一人だけが浮き上がって見えた。

大きな目に、瞬《まばた》きしたら音がしそうなほど長いまつげ。象牙《ぞうげ》のような綺麗な肌に、今どき珍しく真っ黒でつややかな、さらさらの髪。ベージュのダッフルコートが、小さな可愛らしい顔によく映えている。

高校生くらいの、ずいぶんと可愛らしい子だった。今どきの女子高校生にしては化粧っ気もなく、装飾品の類《たぐい》も一つも着けていない。飾り気など少しもないのに、十分に綺麗で人の目を惹《ひ》きつける容貌だった。女の子としては背が高いほうだろう。

ときどき見かける顔だった。塾に通っているらしく、英単語を覚えているところを何度か見たことがある。今日は手に表のような、プリントされた小さめの紙を持っていた。

あまり見つめているのも変に思われそうだからと、視線を逸《そ》らしかけた瞬間だった。

ふいに電車が急ブレーキを掛けた。小さな悲鳴があちこちで上がり、乗客の身体が進行方向へと倒れ込んでいく。

すぐ近くにいたその子も、他の乗客に突き飛ばされるような形になって転びかけた。

とっさに手が出たのは、雅人がその子に注意を向けていたためだ。腕で身体を支えてやり、自分で立てるように引き上げた。

比較的すいていたのが幸《さいわ》いした。もっと込んでいたらおそらく乗客に押しつぶされていたことだろう。

「す……すみません！」

上擦《うわず》った声で、謝罪とも感謝とも受け取れる言葉を口にした。言いながら顔を上げ、雅人を見つめたまま微動だにしなくなった。

足元には、先ほど見ていた紙が落ちている。それを拾った拍子《ひょうし》に、目がそこに書かれている名前に留まる。

北実浩《きたみひろ》、とそこにはプリントされていた。どうやら模試か何かの結果らしいが、内容は見ないようにした。

「大丈夫？」

表を渡しながら言うと、実浩はぎくしゃくとした仕草で頷いた。

電車は止まったままだ。ざわつく車内に、事故があったというアナウンスが流れた。

「あ、あの……有賀雅人さんですよね？」

おずおずと尋ねられ、雅人は大きく目を瞠《みは》る。だがすぐに頷きながら答えた。

「そうだけど……」

「前から、そうかなって思ってたんです。俺、有賀さんの作品好きで……！」

「……俺……？」

思わずそう呟いていた。

まじまじと見つめながら、今さらながらに、そういえば声が低かったなとか、触れたときに柔らかさがあまりなかったなとか、軽く流していたことを思い出した。

「あの、男です」

慣れているのか、実浩はこちらの考えを読んだように言う。気分を害しているふうではなく、仕方ないとでも言わんばかりの表情だ。

「いや、ごめん」

「あ、全然。別にいいです。冬場はそういうこともあるんで」

コートのせいで体型がわからなくなっていると言いたいのだろう。

少々落胆している自分に気が付きながらも、雅人は先ほどの言葉に応えて言った。

「よく俺のことなんか知ってるね」

「俺、建築士志望で、雑誌とかよく見るんですよ」

「ああ……」

それならば納得出来る。受賞の後で、何度か雑誌のインタビューには応じたが、普通は記憶に留《とど》まることもないはずだった。相手が興味がある方面だからこそだ。

「今、いくつ？」

「今度高校三年になります」

話していくうちに、雅人の中にあったわずかばかりの落胆が綺麗に消えていくのを感じた。止まったままの電車に他の乗客はいらついていたようだが、雅人には無縁の感情だ。いつまでも話していたいような、不可思議な気持ちさえ抱いていた。

やがて、電車はゆっくりと動き出した。

「あ……動いちゃいましたね」

実浩の言葉は無意識だったらしい。雅人と同じような気分なのかもしれないと思うと、雅人の降車駅が近くなっているのが残念に思える。

昨日から抱え込んでいた不快な気分は、いつの間にか雅人の中から跡形もなく消え去っていた。

上手《うま》くいけば週に三度ほど、実浩とは電車の中で会うことが出来る。

塾は週に三回あるそうだが、必ずしも雅人の時間が合うというわけではないから、努力して二回というのがいいところだ。

実浩はいつも雅人と目があうと、ふわりと表情を和らげる。

建築士を目指して大学に行かんとしている実浩にとって、雅人は目を輝かせて見つめてしまう対象だったようだ。特に雅人の仕事の話になると、目をきらきらさせて見上げてくる。

実浩の志望校を、雅人が卒業しているというのも要因としては大きいのかもしれない。

どちらにしても、実浩のことは、男とわかってもなお可愛いと思えた。こうやって仕事の帰りに実浩に会えることは、雅人の大きな楽しみになっていた。

だが一緒に乗っているのは、いつもほんの数駅分だ。時間にしたら二十分もない。まして今日は待ち合わせがあって、雅人は普段よりも手前で降りなければならなかった。

「今日は用事があってね。次で降りるんだ」

「そう……なんですか」

あからさまに落胆する様子に、思いもかけず胸を衝《つ》かれた。

手を伸ばし、腕を摑《つか》みかけていたのは、無意識のことだった。

実浩が雅人の手を目で追い、それからきょとんと見上げてきて、ようやく雅人は我《われ》に返った。同時にひどく動揺した。

こんなところで、年下の男の子を相手に何をしようとしていたのか。手を引っ込め言い訳を探そうとしていると、電車が減速を始めた。

今の雅人にとっては、有り難い助け舟だ。

「じゃあ、気をつけて」

「あ、はい。ありがとうございます」

ドアが開くのを待って電車を降り、そこから実浩を見送った。姿が見えなくなったところで、思わず溜め息がこぼれた。

それから駅を出て、少し歩いたところにあるホテルに入るまでの間、ずっと考えてはみたものの、自分の中に生まれた感情の正体がとうとう見極められなかった。

最上階までエレベーターで上がると、ラウンジは別世界のような暗さだった。おかげで窓からの夜景がよく映えている。

暗い中でも、待ち合わせの相手はすぐに見つかった。

雅人の友人は、そういう人間だった。

キャメルのスーツにウェーブの掛かった長い髪をふわりと流し、派手すぎず地味すぎず、品良く纏《まと》めている。

窓際のテーブル席にゆったりと掛けながら、幼なじみの南絵里加《みなみえりか》が軽く手を挙《あ》げた。

生まれた頃《ころ》からの付き合いなので、かれこれ二十六年も顔を突き合わせているわけだ。おかげで今さら目の前の彼女を見てもどうとも思わないが、世間的に言えば相当な美人であるはずだ。

テーブルの上には生ハムのサラダとチーズの盛り合わせがあり、赤ワインがボトルでクーラーの中に入っていた。すでに雅人の前には彼のグラスも用意されている。

もう半分くらいボトルは空いていて、目の前の相手はハイだった。

「浮かれてるな」

「やっぱり？」

新しい彼氏が出来たとかで、今日はその男込みで会うことになっている。どうやら相手は遅れてくるらしい。図面のトレース会社の営業をしている絵里加が、某《ぼう》大手不動産会社でゲットした男だという。

「俺は先週、別れたところだ」

「ついに！ それはおめでとう」

絵里加はわざわざグラスを置いて、パチパチと拍手をした。

これは嫌味でも皮肉でも、ましてやからかっているのでもなく、本当にめでたいと思ってのことだった。

「良かったじゃない。で、別れ際はすっきりしてたわけ？」

「まさか」

「だよねぇ、あの性格だもんね」

思い出すだけで、雅人は苦い顔になる。せっかく実浩に会っていい気分だったのに、もったいない気がした。

「言われ放題だったな。人格を根底から否定された気分だよ」

「ふーん。冷たい、とか?」

「思いやりがない、誠意がない、自己中心的すぎる、何を考えているのかわからない、言葉が足りない、人の痛みがわからない……だったかな。他にもいろいろと言われた」

「よく言ったもんだ」

「とりあえず反論はしなかったよ。これ以上、関わるのは面倒だったし。はいはい、おっしゃる通り……で、終わらせた」

雅人は溜め息をついて、チーズを口に放り込んだ。

「あんたもああいうのに好かれる体質よね」

「なんだよ、体質ってのは」

「だって、一回ならともかく、五回も六回も続けば誰だって思うわ」

「……四回、だ」

「似たようなもんよ」

絵里加はふふんと鼻で笑い、追加のオーダーをした。

「ここまでひどいのは初めてだったぞ」

「でも割と美人で、ちやほやされてきた女ってのは共通してるじゃない。自分に自信があってプライドも高い。相手を縛りたがって、思春期の少女みたいに傷つきやすくて、ちょっとしたことで大騒ぎ。他人のことはともかく、自分が傷つくと百万年くらいは覚えてそうで、じめじめウェットな粘着《ねんちゃく》気質」

「まぁな……」

雅人が好きになる相手は、けっして雅人を好きにはならないのだ。呪《のろ》われているようにそうだった。そのくせ、件《くだん》のタイプには妙に好かれてしまう。好きじゃなくてもいいから付き合ってくれと言われたり、最初は明るくてさっぱりとした感じに見えたりもして付き合い始めると、束縛《そくばく》され、干渉《かんしょう》され、「冷たい」とか「気持ちが見えない」とか言われてしまう。そして決まり文句のように、「本当は私のこと好きじゃないんでしょ」と来る。

高校のときに付き合った二人は、そう言われて肯定《こうてい》したら、殴られて終わった。そして三人目は大学一年の春に付き合い始め、二年の春に別れた。

「俺は三人目で、そういうのはもうやめようと思ってたんだよ」

「三人目ってストーカーじゃなかった？」

「……そうだよ」

雅人の友人付き合いにまで干渉し、エキセントリックに傷ついたと叫ぶ相手にうんざりし、ずるずると付き合うのはよくないと、自分から振った結果は絵里加が言った通りだった。執拗《しつよう》な電話と訪問を受け、結局三カ月ほど経《た》ってから、他に好きな男が出来たらしくぴたりと現れなくなった。

その三カ月は精神的に相当にきつく、かなり堪《こた》えた。だから雅人は今回、けっして自分から別れを切り出さなかった。相手から愛想《あいそ》を尽かして去っていくまで我慢したのだ。

「どうして、そういうのに当たるんだ？」

「最初はその素っ気《そけ》なさが魅力的に思えちゃうんじゃないの。ちやほやされるばっかりだから、クールでステキ、と誤解する」

「は？　別にクールじゃないぞ」

「だから誤解。自分に興味がないだけなのを、クールと思うわけよ。何しろ女王様だから」

「おまえは女王様じゃないのか」

「なれるほどモテないの」

ムッとする絵里加を見て、雅人は浅く顎《あご》を引く。たぶん、隙《すき》がなさすぎるのだ。親しみにくい美貌のせいもあるし、フェロモンが足りないのも原因の一つだろう。

さすがに最後のは一度も口に出したことはなかった。

「でも、久々の爆弾だったね」

絵里加は明らかに昨日別れた相手のことを言っていた。

三人目で懲《こ》りて以来、雅人は誰とも恋愛関係を持たなかったのだ。好きな相手も出来なかったし、身体の付き合いは割り切った相手とだけ持ち、平和に過ごしてきた。

それが崩されたのが、おととしの暮れだった。某社の忘年会のパーティーで、仕事相手の娘である彼女は、人の大勢いる前で「二人で出かける」と勝手に宣言したのだ。恥はかかせられないと、曖昧《あいまい》に肯定したのが運の尽きだった。

互いの両親の後押しもあって、そのままなし崩しに付き合いが始まった。それでも最初は良かった。彼女は美人で育ちも良く、明るく社交的でよく気を遣う女性だった。が、いつものパターンだと気が付くのにそう時間は掛からなかった。

別れたいと思い始めたのは、最初の春を迎えた頃だったから、かれこれ一年ほどおかしな状態が続いていたわけである。

ようやく別れられて良かったとは思うが、不愉快な言葉をこれでもかこれでもかと投げつけられて、気分は最悪だった。そこまで他人を批判する自分はどうなんだと言いたくもなったが、言い返して長引かせるよりは、肯定してでも早く彼女との関わり合いを絶ってしまいたかった。

「最悪の男ってことになってるんだろうな」

「まぁまぁ、済んだことよ。いいじゃない。仕事のほうは問題ないんでしょ」

「ないない。あの仕事は終わってるし、向こうの親父《おやじ》さんだって私情でどうこう言うほど甘くないさ」

娘は捨てられたのではなく、捨てたほうなのだから、なおさらだ。

「恋愛はもういいよ。疲れた」

溜め息まじりに呟《つぶや》けば、絵里加はふんと鼻を鳴らし、じっと雅人の顔を見つめてきた。観察するような、探るような視線は、いくら慣れた相手とはいえ気になってしまう。

「何だよ」

「その割に、実は機嫌よくない？」

「そう見えるか？」

「うん。別れたのが嬉しいってのはわかるんだけど、そういうのとはまた違う感じ。もしかして例の女子高生に会ったの？」

「……ああ」

絵里加には以前、実浩のことを話したことがある。まだ実際に言葉を交わすようになる前だった。可愛い子がいて、あのまま大人になったらまさに理想のタイプだと、酒に酔って語ったものだ。ただし男だったことは、打ち明けていない。言ったら、間抜けだと言って笑われるのが目に見えているからだ。

「最近、話をするようになったんだよ。向こうが俺のこと知ってて……。建築士になりたいんだってさ」

「おー、それはラッキーだったねぇ。ふーん、なるほど。で、今日も抱きしめちゃいたいくらい可愛かった、と」

「まぁな」

自分でも驚くほどあっさりと頷いてしまった。男だとわかった当初は戸惑《とまど》いもしたが、それによって雅人の中で変化したものは何もなかった。

だからといって、恋愛に踏み込もうとは思っていない。ただ実浩が可愛くて、嬉しそうにしている顔が見たくて、話をしていると楽しいだけだ。

雅人はふとテーブルの上の花に目を留めた。

透明なガラスの小さな花瓶に、生花が数本挿《さ》してある。いつもなら気にもしなかったものだろうが、白いその花がやけに気になった。

「なぁ、これ……なんて花だ？」

「ガーベラ」

「ちょうど、こんなイメージなんだよな」

「……ちょっと引いたわ、今」

絵里加は大きな溜め息をついて、呆《あき》れたような目を向けてきた。

「おかしいか？」

絵里加の溜め息が聞こえた。

「疲れてんじゃない？　さんざんな目にあったせいで、和《なご》みそうなタイプを心が求めちゃってんのよ。高校生だからこそかもしれないけどね。まだすれてないわけよ。それだって今どきの高校生にしては希少価値かもよ？」

雅人は思わず苦笑《にがわら》いを浮かべながら、グラスに手を伸ばす。

やがて絵里加の彼氏が店に現れたが、雅人の思考は、すでに別のほうへ行っていた。絵里加の声も

ＢＧＭにしかならない。

来週のデザイン展に、実浩を誘ってみようか。どうせ仕事ではないし、そろそろ向こうは休みに入る頃だろうし、建築に興味があるならばちょうどいい。

雅人はそう心に決めて、密《ひそ》かに頷いた。

疚《やま》しい気持ちではない。喜ぶ顔が見たいだけだった。


先日よりは少しばかり早い時間に、実浩はホームに立って、ぼんやりと向かいのホームを見つめていた。電車が行ったばかりで、まだ乗客もまばらだ。

塾は週に三回だが、三年になれば土曜日の特別授業にも申し込む予定になっている。受験のことを思うと気が重くて、来年の春までは自由もないんだなと、溜め息が出そうになった。もちろん、落ちたら自由は遠のいていくわけだ。

間もなく向かいのホームには電車が入ってくる。視線を別のところへ戻そうとした矢先に、実浩は大きく目を瞠った。

（芳基《よしき》……）

目があった相手は、驚愕《きょうがく》の表情もなくこちらを見つめていて、少し前から実浩に気づいていたことを窺わせる。

だがすぐに向こうから視線が逸《そ》らされていった。ひどくバツの悪そうなその顔は、入線してきた電車に隠れて見えなくなった。

もう二年も口を利《き》いていない友達の芳基は、最後に会ったときと同じように、つらそうな顔で実浩を見ていた。逃げるように視線を逸らしたのも一緒で、自分は悪くないと思っていても、ひどく罪悪感を覚えてしまう。

実浩は下を向いて、電車が芳基を連れ去るのをじっと待っていた。

電車が出ていってからホームを見ると、そこにはもう芳基の姿はなくなっていた。

ほっと息を漏らして、実浩は入ってきた電車に乗り込んだ。

いつもの車両に雅人がいる。彼はもともとこの線を使っていたわけではないらしいが、仕事で今は頻繁《ひんぱん》に利用していた。ずっと先の駅前で、大がかりな複合施設の建設があるからだ。

「こんばんは」

雅人の顔を見たら、先ほどの鬱々《うつうつ》とした気分も吹き飛んだ。

端整な顔立ちに、すらりとした長身。頭も良くて、才能もあって、とびきりの環境に生まれ育った。神様の祝福を一身に受けているような人だと思うのに、実浩みたいな高校生にも優しくしてくれる。

彼を見ると、実浩の中の目標がはっきりとする。雅人は実浩の志望校を首席で卒業したという噂《うわさ》である。さすがにそれは高すぎる目標だったが、後輩になることは大それた望みというわけでもないだろう。

今は手が届きそうで届かない、たとえば指先がようやく触れるか触れないかという程度の可能性だ。それを後一年足らずで、しっかりと摑めるくらいにまで高めねばならない。

雅人に出会ったのは、そんな実浩にしてみればラッキーな出来事だ。幸先《さいさき》がいいような、大げさに言うならば一種の御利益《ごりやく》がありそうな、そんな気さえしてくる。

嫌なことばかりあるときでも、いいことはあるものなんだと嬉しくなった。一介《いっかい》の高校生の話に嫌な顔もせず付き合ってくれる雅人の人となりも、実浩の心をふんわかと柔らかくしてくれた。

「そうだ。今度の金曜日、空いてる？」

「はい？」

「昼くらいなんだけど。ほら、デザイン展があるだろ？　一緒にどうかと思って」

笑顔で誘われて、実浩は目をぱちぱちとしばたいた。

「無理？」

「い、いえっ。行けます。じゃなくて、行きます！　全然大丈夫です」

半《なか》ば興奮して何度も頷《うなず》くと、雅人はそれを見て楽しそうに笑い、待ち合わせの時間と場所を告《つ》げてきた。

自分の記憶力だけでは心配だったので、きちんとメモを取ってバッグにしまい込む。念のためにと、互いの携帯番号も交換した。メモを取る手もボタンを押す指も、感極まって震えてしまっていた。

それくらい驚いて、そして嬉しかった。

やがて雅人は実浩より手前の駅で降りていく。ホームに立った彼が、実浩の乗った電車を見送ってくれたことで、ますます気持ちが沸きたった。

(どうしよ……すげー……)

夢みたい、というのは大げさにしても、思いがけない出来事に実浩は完全に舞い上がっていた。顔も名前も覚えてもらい、電車の中で言葉を交《か》わせるだけでもラッキーだと思っていたのに、誘ってもらえるなんてことがあっていいのかと思う。

五つ先の駅で降り、歩いて家に帰る間も高揚した気分はずっと続いていた。いつもならば家に帰りたくなくて、ぐずぐずと歩いているのに、今日は歩調からして違う。

実際に家が見えてくるまでは、確かにそうだった。だが見慣れた家が見えてくると、気分は一気にトーンダウンした。

足取りもそれにつられて遅くなる。

本当は入りたくないけど、他に帰る場所はなく、家出をしたり外で過ごしたりするほど親に背を向けられない心持ちの実浩は、今日もひどく重く感じる門と玄関をくぐって家に入った。

「ただいま……」

家の中の空気までもが違う気がするのは気のせいだろうか。特にここ一年ほどは、重苦しくて、呼吸するのさえつらく思えることがある。

家の中にはほとんど音がしない。母親はいるはずなのに、客間に床をのべてあまりそこから出てこなくなった。去年の春先から、両親は寝室を別に持つようになっているのだ。

彼女の笑顔を見なくなってから、もうずいぶんと経つ。実浩とよく似た顔は、ここへ来て急に老《ふ》け込んでしまったような気がした。

実浩は黙って台所へ行き、冷凍食品を温めて夕食を取った。

母親はほんの少し前まで、ちゃんと実浩のために食事を作ってくれていたが、ここ一週間ほどはかなり追いつめられているらしく、客間に閉じこもっていることが多くなった。そして父親の帰りは遅い。いつも終電頃に、不機嫌そうな顔をしているか、酔って帰ってくるかのどちらかだ。そして毎晩のように、階下からは言い争う声が聞こえてきた。

上手《うま》く行かなくなったきっかけが何だったのか、詳しくは知らない。それは夫婦間のことだし、両親は実浩にそういうことを何一つ言ったりはしなかった。聞くのはただ、相手への愚痴《ぐち》と不満ばかりで、それは後から付随してきたことであって原因ではない。きっと実浩の知らない間にいろいろな小さなことがあって、少しずつ綻《ほころ》びかけていたものが一気に崩壊してしまったということなんだろう。

もう元には戻るまいと思うし、限界なんだろうとも思う。無理をして一緒にいてもいいことなんて一つもないのだ。実浩のためにも、早くこんな状態から脱して欲しいと切に願っているが、口に出して両親を刺激することもしたくなかった。

味気ない食事を終えて食器を洗い、実浩は二階の自室へと引きこもった。机に座ってすぐにヘッドホンをして音楽を流すのは、言い争う声を聞きたくないからだった。

いつもならば、逃げるようにして勉強を始めるのだが、今日は違った。一人になると、また雅人のことが思い出されて、顔だって自然と笑みを作ってしまう。

携帯電話を取り出して、雅人の番号を表示する。

(早く金曜日にならないかな……)

大きく息を吸って、吐き出す。

気分は良くなり、久しぶりに気持ち良く勉強することが出来そうだった。


待ち合わせの時間よりも二十分早く、実浩は指定された駅に着いてしまった。大事を取って早く出たら、乗り合わせがすべて上手くいって、早く着きすぎたのだ。

だが遅れるよりはずっといい。

せっかく誘ってくれた雅人を待たせるなんてことがあってはいけないし、緊張を解《と》くためにもそのくらいの時間は必要だと思った。

改札といっても半ば外なので少し寒いが、気にはならなかった。

楽しみで仕方がなくて、家の中の重苦しい空気だって平気なくらいだった。

相変わらず浮かれてはいるが、失敗だけはすまいと心に誓った。相手は大人なんだし、あんまりテンションが高いと呆《あき》れられてしまうかもしれない。それに雅人の顔はこの業界において知られているわけだから、一緒にいる実浩がみっともない真似は出来ない。

だから今日はジーンズをやめた。茶色のコーデュロイのパンツにして、スニーカーの代わりにローファーを履《は》いてきた。スーツなんて持っていないし、あんまりよそいきの恰好《かっこう》をするのもどうかと思ったからだ。

ぼんやりと時間を過ごし、改札脇《わき》に立っているうちに、十分前になった。

気が付くと、足元を見つめていた視界に紳士物の靴が入ってきた。顔を上げると、微苦笑を浮かべた雅人が立っていた。

「待たせて悪かったね」

「いえ。まだ時間前じゃないですか」

「どのくらい前に来たんだ？」

「ほんのちょっと前です」

実浩は促されるまま改札口を離れて歩き出した。

雅人はどんどん改札から離れて外へ出る。

疑問に思ったとき、雅人が言った。

「行く前に食事をしよう」

「あ……はい」

そういえば時間的にはちょうどいいのかもしれない。少し寝坊をして、朝を食べてこなかった実浩としては願ったりだ。心配なのは支払いくらいで、果たして高校生が出せる程度のところだろうかとちらりと思う。

するとと見透かしたように雅人が言った。

「無理に誘ったから、ご馳走《ちそう》するよ」

「そんな全然っ、無理なんかじゃないですって……！」

むしろ実浩は飛び上がらんばかりに喜んだのだ。その上、奢《おご》ってもらうなんて、身に余る光栄どころの話じゃない。

「いい大人が、高校生と割り勘するのもどうかと思うんだけどな。だろ？」

「それは……」

口ごもっていると、くすりと笑う気配がした。

「だから奢らせてくれよ。何かしっくり来ないっていうなら、また何かのときに遊んでくれないかな」

「あ、遊んでって……」

「彼女に振られたばかりで、いろいろ予定が空いちゃっててね。余裕があるときにでも、勉強の息抜きにどうかな」

「は……はい……」

返事は半ば無意識だった。雅人みたいな男が振られるなんてことがあるのかと、心底驚いてしまったからだ。

知り合って間もないし、まともに会話を交わしたのだって、まだ数回しかないが、実浩の目から見て雅人は申し分のない男のように思える。

歩き出して大して経っていないのに、擦れ違った女性が三人も雅人を振り返ったし、建築界のサラブレッドと言っても差し支えはなく、七光りだけじゃなく才能だって溢《あふ》れるほどあるのだ。

自分が彼女だったら、絶対に雅人を振ったりなんかしないのに……。

雅人の話にも生返事で、ぼんやりとそんなことを考えてしまってから、実浩ははっと息を飲んだ。

自分が彼女だったら……なんて、仮の話にしてもとんでもない。

「どうかしたのか？」

一人でうろたえていると、雅人がその様子に気づいてじっと顔を覗《のぞ》き込んできた。

変なことを考えていたせいで、カッと頰《ほお》が熱くなる。

「なっ、なんでもないですっ」

きっと舞い上がりすぎて、回路がおかしくなっているのだ。何だか変だと思いながら、実浩は下を向いて雅人の横を歩いていった。

雅人が実家へ帰るのは、だいたい二カ月に一度くらいだ。父親の久郎は滅多に帰らず、あちこち精力的に飛び回ったりホテルに泊まったりしているのだが、長男が結婚して家族で住んでいるのと、昔からのお手伝いさんが顔を見たがるので定期的に行くことにしている。

数時間の滞在をして、ガレージに停《と》めた車に乗り込んだところで携帯電話が鳴った。

表示は絵里加だった。通話ボタンを押しながら向かいの家の二階を見れば、絵里加がひらひらと手を振っていた。

「何だよ」

『デート、したんだって?』

いきなりだった。前置きも何もあったものじゃない。

「……彼氏から聞いたのか」

デザイン展で、ばったりと絵里加の彼氏に会ったのだ。相手も業界の人間だったので、可能性はあるだろうと思っていたのだが、そう思っていた矢先に目があったのである。

『そうそう。すっごい可愛い子を連れてたって言ってたな。それって、白のガーベラちゃんでしょ?』

「おまえ、バカにしてるだろ」

『名前知らないんだからしょうがないじゃん。ガーベラの君のほうがよかった?』

「やめろ」

雅人は露骨《ろこつ》に嫌そうな顔をして見せて、その言いぐさを却下《きゃっか》する。

絵里加には、相変わらず実浩が男だったことは打ち明けていない。果たして、彼氏が実浩を見てどう思ったかは、この段階では判断出来なかった。

「他に何か言ってたか？」

『お気に入りの子を連れてご機嫌で、すっかりやに下がってたってことを、すごーく遠回しに教えてくれた』

「何だ、それは……」

『ま、それは半分誇張としても、かなり楽しそうだったって言ってたよ。あれはもう、どう見てもデートだって。食事くらいもうしたんでしょ？　出かけたのは、一回だけ？』

鋭いところを突いてくるものだ。雅人は苦笑いしながら言った。

「明日で四回目」

『四回！』

絵里加が驚くのも無理はなかった。何しろ展示会へ出かけたのが先週のことだし、あれからまだ十日と経っていないのだ。相手が高校生で、こちらが社会人であることを考えると確かに驚くことかもしれない。

『まさか、もう食っちゃったんじゃ……』

「バカ言うな。二回は勉強を見ただけだ。物理が苦手だって言うから、塾のない日に見てやったんだよ。言っておくが密室じゃないぞ。駅前の喫茶店だ」

『あんたにそんな暇あったっけ？』

「何とかな」

絵里加の反応を見ている限り、実浩が男だとバレたわけではなさそうだ。間違えたのは雅人だけじゃないのだから、これはもう見る目がどうとかいう問題ではないだろう。

『ふーん、何とかしちゃうんだ。まぁ、いいけど』

そろそろ絵里加の好奇心も満たされたのか、ようやく解放してくれる素振りを見せた。

『今度、会わせてよ。えーと……』

「……北……実浩だ」

『キタミヒロちゃんか。あ、私とは逆だ』

「は？」

雅人が怪訝《けげん》に眉《まゆ》をひそめると、絵里加は黙って自分の家の門の方向を指差した。石の表札に彫られた文字は〈南〉である。

「ああ……」

『んじゃ、ミヒロちゃんによろしくー』

一方的に電話は切れて、カーテンが閉められた。

雅人はエンジンをかけて、ゆっくりと車を出した。車は仕事のときにはあまり使わず、専《もっぱ》らプライベートで活躍するが、それも雅人にとってはあまり愉快ではない思い出が付きまとう。

この間の彼女も、結局この車の中で並んで座ったまま別れ話をした。互いに前を向いたまま、相手を見ようともせずに。

たとえば隣に実浩が座ったならば、どうだろうか。

少なくとも、うんざりとした気分でハンドルを握ることはないだろうし、家へ送っていくのも迎えに行くのも苦にはならないはずだ。

試しに今度の休みには、車で少し遠出をしてみようか……。

そんなことを思わず考えて、すぐに我に返った。ここのところ、気が付けば実浩のことばかり考えている。

懐《なつ》かれるのが嬉しくて、もっと喜ばせたくなって、構いたくて仕方がない。顔を見て、話をして、そばに置いておきたい。そのためにいろいろと理由を探して、こじつけて、会っているにすぎないのだ。

何よりもたぶん、雅人自身が実浩といることで満たされている。

(どうしたんだかな……)

誰かとこんなに会いたいと思ったことは初めてだ。付き合っていた彼女にだって抱いたことのない感情だった。

ふと絵里加の言葉がいろいろと蘇《よみがえ》ってきた。

あれは完全に、雅人が実浩——誤解したままなので女子高校生に夢中になっていると思っている。

（あいにく、男子高校生だ）

言ってやったら、どんな顔をするだろうか。

おそらく、それでも認識は変えないはずである。ひとしきり雅人の目の不確かさをからかい、それから男に走ったと言い出すに違いなかった。

しばらくは、何も言わないでおくに限る。

そう決意して雅人は交通量の多い幹線道路へと出ていった。


今日は上手く会えるだろうか。

塾のある日はゆっくり雅人に会うことは出来ないが、その分、時間さえあえば電車の中で話すことが出来る。

どうして構ってくれるのかはわからないけれど、雅人といるのはとても気持ちが良くて、ともすれば滅入りがちな気分も、ささくれてしまいそうな感情も、綺麗にすうっと凪《な》いだ状態にしてくれた。

少し時間を調整しようとホームの壁に凭《もた》れて参考書を取り出そうとしていると、誰かがゆっくりとこちらに近づいてきた。

実浩は表情を強張《こわば》らせた。

「久しぶり」

ぼそりと言われて、ぎこちなく頷いた。

芳基の声を聞くのはほとんど二年ぶりだった。中学に入ったときからの付き合いで、三年間一緒のクラスだった芳基とは、当時一番仲がいい友達だった。卒業式の後に、呼び出されて話を聞くまでは、それがずっと続くものだと疑ってもいなかった。

好きだと言われたのだ。ずっと前から、実浩のことが好きだったと。

実浩にとって芳基はとてもいい友達だったけれども、芳基にとって実浩はそうじゃなかったと思い知らされた。

受け入れることは出来なかった。驚き、激しく動揺してしまって、感情的に芳基の気持ちを拒絶した。

それっきりだった。別の高校へ進学したこともあるが、本当ならば続いていくはずだった付き合いはそこで途切れてしまった。芳基は傷ついたのだろうし、実浩は後ろめたさに自分から動くことが出来ずにいた。それに謝ったところでどうにかなるとは思えなかった。

リセットすることは出来ないのだ。

その芳基が目の前にいる。同じ塾なのだが、芳基は文系でほとんど会うこともなかったし、今までは会ったとしても互いに目を逸らしてきた。

「ああ……うん、久しぶり」

思っていたよりもさらりと答えられた。ぎこちなさはあったけれど、無理にそれを意識の外に追い出した。

「ちょっと、聞きたいことがあってさ。大したことじゃないんだけど……」

何を問われるのかと思わず身構えてしまった。何しろ最後に会ったとき、好きだと言われながら抱きしめられたのだ。意味を理解した瞬間に実浩は相手を突き飛ばしていた。

「その……付き合ってるやついんの？」

「い、いない、けど……」

話の方向性は実浩を警戒させるに十分だった。同じことが繰り返されるんじゃないかと、逃げるように目を逸らしてしまう。上手く電車が来たら、とにかく乗ってしまおうとまで思っていた。

「ほんとに？」

「だって、受験生だし、そんな暇ないよ」

実浩はとんでもないとかぶりを振った。

「そっか……」

まだどこか納得していないような芳基は、それきり何を言うわけでもなかった。一体何が言いたかったのかわからなかった。再度の告白というわけでもなさそうだし、納得したふうでもない。

「嘘《うそ》なんてついてないよ」

「いや……そうじゃないけど、その……つまりさ、最近よく話している男って、誰なのかと思ったから……」

「男って……」

当然それは雅人のことなのだろう。雅人はこの駅よりも前で乗ってくるから、反対側のホームから芳基は何度か実浩と話している姿を見かけたようだった。

「あれって……そういう相手とかじゃないいんだよな？　恋人、とか……」

「何……言ってんだよ」

呆然《ぼうぜん》として呟きながら、実浩は眉根を寄せて芳基を見上げた。

「だって、すげー嬉しそうな顔してたし、あれってまるで好きなやつ見てるみたいだったから……」

「あの人はそんなんじゃないよ……！　憧《あこが》れの人なんだ。すごい才能のある建築士で、いろいろアドバイスしてくれたりして……それをそんなふうに言うな！」

思わず怒鳴った声は、アナウンスと電車の音にかぶってさほど周囲には広がらずに済んだ。それでも近くにいた会社員が、驚いたような顔をしてこちらを見ていた。

「ごめん……」

電車が入ってきて、ごうっと風が髪を煽《あお》っていった。

「……乗るから。それじゃ」

実浩はすっと視線を逸らして、そのまま電車に向かって歩き出した。

いつもの場所には、雅人がいつものように立ってこちらを見ている。

背中に芳基の視線が向けられているのはわかっていたが、振り返ることもしないで開いたドアから乗り込んだ。

自分は悪くないと思っているのに、なぜか胸の内がすっきりしない。

微笑み掛ける雅人は、どこか物言いたげな様子だった。

一生懸命《けんめい》にいつもの顔をしようとして、結局上手くいかなかった。振り返らない実浩にはまだ芳基が自分を見ているかどうかわからないけれど、ちらりと向けられた雅人の視線で、それを強く確信してしまった。

ドアが閉まって、芳基と自分のいる空間が隔《へだ》てられる。

目の前にいるのは雅人だ。実浩を困らせたり、嫌な気分にさせたりすることなんてない、楽しい気分ばかりくれる相手だった。

やがて電車が動き出すと、相変わらずホームを見つめながら雅人が問い掛けてきた。

「友達?」

「……中学の卒業式のときに、ケンカ別れしちゃったんですけど。偶然、会っちゃって、またちょっと……。何か、やだな。変なとこ見られちゃった」

実浩は笑顔を作ろうとしたが、どうにも上手くいかなかった。

「無理しなくていいよ」

「……すみません」

せっかく雅人と一緒にいるのに、楽しい気分になれないのが悔《くや》しかった。雅人には嫌なところを見せたくなかったのに、友達相手にあんな態度を取っていたところを見られてしまったのがとても恥ずかしい。

そして芳基とまたあんな別れ方をしてしまったことを、ひどく後悔した。

「仲直りはしないのか？」

「したかったんですけど……原因が解決しないし、わだかまりとか残っちゃってるから」

「そうか」

雅人は具体的なことを聞いてこようとはしなかった。それほど興味がないのかもしれないし、実浩の心情を慮《おもんぱか》ってくれているのかもしれない。

何か考えているふうな雅人の顔をじっと見つめていた実浩は、やがて視線をそこから逃がして足元を見つめた。

芳基にあんなことを言われたからか、妙に意識してしまう。まっすぐに顔を見つめることさえ照れてしまって、ひどく落ち着かない気分になった。

恋人なのかと芳基は尋ねた。同性を好きになったことのある彼の目には、そういうふうに映ったらしい。

いくら芳基が、かつて実浩に対して恋愛感情を抱いたことがあるからといって、誰も彼もを同じように見ることはないだろうに。

だいたい雅人に失礼だ。だから雅人には、気まずくなった理由は絶対に言えなかった。

自分たちはそんな関係じゃない。

雅人にはわからないように深呼吸をして、実浩は明後日《あさって》の休みの話をするためにゆっくりと顔を上げた。


待ち合わせの駅で実浩を待ちながら、雅人は少しばかり困惑した気分を抱えて、何度目かの溜め息をついた。

これから実浩が雅人の家へ——といってもマンションだが——遊びに来て泊まるのだ。もちろん誘ったのは雅人だし、来てくれること自体は嬉しいのだが、素直に喜べない事情が彼には出来てしまった。

もともと遊びに行こうという約束はしていた。なのに気が付いたら家へ誘っていた。

子供じみた独占欲なのかもしれない。実浩がケンカをしているという友達と目があったとき、それがただの友達でないことを雅人は確信した。

少なくとも向こうはそうだ。あれは実浩のことが好きで、だから睨《にら》むようにして雅人のことを見ていたのだ。

気まずくなったという理由も自《おの》ずと知れてくる。恋愛感情によって友人関係が崩れ、そのままになっているのだろう。気持ちが向こうの一方的なものなのか、実浩もその気持ちがあってこじれたのかはわからなかったけれども。

　雅人は知らず苦い顔をしていた。

　実浩があの少年を好きだったら……と思うだけで、こんなに嫌な気分になる。彼のせいで実浩の笑顔がぎこちなかったと思うだけで不快だったし、つい家へ誘ったのも、雅人の中に変な焦《あせ》りが生じたからだった。

　自分に呆れてしまう。これはどう考えても嫉妬《しっと》だ。あんなガキに取られてなるものかと無意識に思い、そして今ははっきりと自覚している。心のどこかにある、実浩ならばという期待感が後押ししているのかもしれない。

　だが同性にこんな感情を抱いたところで不毛なのはわかっていた。

　だからこんなに気分が晴れないのだ。おまけにその相手が泊まることになっている。気持ちを自覚した後だったら、雅人はけっしてそんなことは言わなかっただろう。

　雅人が時計を見て顔を改札のほうへ向けると、いつものように時間前に実浩がやってくるところだった。駆け寄ってくるその姿に、自然と笑顔がこぼれた。

　嬉しそうに駆け寄ってくる実浩を、思い切り抱きしめたくなる。

「何か、すごく緊張します」

「普通のマンションだよ」

「そういうことじゃないですよ」

実浩は少しだけ口を尖《とが》らせて雅人の隣を歩き始める。

その唇に目が行っているのを自覚して、雅人は故意に視線をそこからずらした。

駅からマンションまでは五分くらいである。雅人が大学を卒業したときに完成、入居した十一階建だ。

実浩は外観やエントランスホールを、興味深げにじっと見つめていた。生まれてからずっと一軒家で暮らしているという実浩は、マンションというものがとても珍しいと言う。

「お邪魔します……」

部屋に入ってからも、実浩は興味津々《しんしん》に忙しなく視線を動かしていた。

いわゆるデザイナーズマンションではないので、これといって面白い造りをしているわけではないが、置いてある家具はそれなりのものを揃《そろ》えてあるから、実浩にとってはいちいちすべてが目を輝かせるものであるらしかった。

やがてリビングに落ち着くと、途中で買ってきたらしい、ランチボックスのようなものをテーブルに置いて、実浩は大きな溜め息をついた。

「マンションて、いいですよね」

「どうしても一軒家がいいって人間も大勢いるよ。いいじゃないか。持ち家なんだろ？」

「でも小さいし、階段なんかほんと狭くて急で、庭があるわけじゃないし。早く一人暮らしがしたいなぁ……」

「都内の大学なら必要ないだろ」

「でも……バイトして、家賃と生活費出せそうだったら、やっぱり一人暮らしがいいかなって」

出されたコーヒーを飲みながら、実浩は苦笑いをした。

実浩には家に帰りたくない事情があるようだと、雅人は気づいていた。話したがらないし、それを隠したがっているから気が付かない振りをしているが、ときおり表情が曇《くも》るのはそのせいもあるのだろう。

特に、帰るときはそうだ。時間を引き延ばしたがっているのがありありとわかり、帰り際もとても重そうな足取りで帰っていく。最初は自分と一緒にいたいせいかとも思ったが、それだけではないと気が付くのにそう時間は掛からなかった。

だが、今日も雅人は素知らぬ振りをした。

「結構大変だぞ」

「うーん……有賀さんは、いつから一人暮らしなんですか？」

「大学出たのと同時くらいかな。最初はそりゃもう、すごいことになってたよ。実家からお手伝いさんが派遣《はけん》されてきてたし、ようやくここ二年くらいで自分で何とか恰好がつくようになって、週一でハウスキーパーが入るくらいになった」

実浩は大きな目で見つめながら、じっとこちらの話に耳を傾けている。人の話を聞くとき、いつもそうやって熱心に聞き役に回るのが実浩という人間だった。

「有賀さんの実家って、やっぱり凝《こ》ってるんですか」

「まぁね。だけど俺の好みじゃないんだな。俺はもっとさ、柔らかい感じが好きなんだよ。小さくてもいいからパティオを作ってみたりして、縁側代わりにウッドデッキなんかも付けたりしてね」

「あ、いいですね。パティオって中庭ですよね。でもそうなると大きな敷地ですよね」

「だから小さくていいんだよ。庭ってより、ちょっとした空間みたいな感じでさ。極端な話、車一台分くらいの広さだっていいんだ」

「えーと……あ、それじゃパティオをウッドデッキふうにして、ど真ん中に木を植えちゃうってのはどうですか。それで、そこを囲むのは全部ガラスにして、どこからでもその木が見えるんです」

「いいな」

心底そう思った。

自分の作りたい形に、実浩が共鳴してくれることがこんなにも嬉しい。

ひとしきり家のことで盛り上がり、やがて実浩は大きく頷くと、ふっと息を吐き出した。

「いつか造れるように頑張らなきゃ。とにかく、まずは受からないと駄目ですよね。あ、そうだ。これ、うちの近くのパン屋さんで作ってるランチボックスなんですけど……」

実浩は持ってきた土産《みやげ》を広げ始めた。

アルバイトもしていない高校生の小遣いでこれを買ってきたのかと思うと、そう高いものではないとわかっていても、何だか気の毒な気がしてくる。と同時に、ひどく気を遣う実浩が愛《いと》おしくなった。

今の雅人にとっては、実浩のすべてが良く見えて、何一つ欠点などないように思えた。

風呂を使うように言われて入ったバスルームは、実浩にとってとても楽しいものだった。広くて綺麗でジェットバスになっていて、ずいぶんと長くそこに留《とど》まっていた。

おかげでのぼせてしまった。ふらふらしながらリビングに辿《たど》り着くと、雅人が笑いながら水をくれて、横になるようにと指示された。

白い布張りのソファは座り心地が好すぎて危険だと思ったけれど、目の前が回っていたのは確かで、結局はおとなしく言われた通りにした。

心配した通り意識はすぐに沈んでいった。

物音がするたびに浮上しようとするが、すぐにまた沈んでいってしまう。その繰り返しだった。

息苦しさに、実浩の意識は再び浮上した。

何かが自分の唇に触れているのがわかり、はっと目を開けたとき、実浩は驚きのあまり硬直してしまった。

それに気づいて顔を離したのは雅人だった。もちろん、冷静に考えられたならば、ここに他の人間がいるはずもないのだ。

（今の……って、キス……）

実浩は茫然と雅人を見つめた。ひどくばつの悪そうな顔をして、実浩から目を背《そむ》けたまま、床に立て膝《ひざ》をついていた。

「……あ、あの……」

今のは一体、どういうことだろうか。

まさかと思いながらも、実浩の頭の中はそれを否定していた。確かにかつて芳基から好きだと言われたことはあったし、雅人のことを誤解されもした。だがそれが邪推《じゃすい》じゃなく本当だったなんてことがあるだろうか。

のろのろと上体を起こすと、目の前で雅人が大きな溜め息をついた。

「弁解のしようもないな」

「え……？」

「いたずらで男の子にキスをする趣味もないしね」

そう言いながら雅人は実浩の隣に座った。

端整な横顔は少し困惑したふうでもあったが、ずいぶんと落ち着いて見えた。間違いなく実浩のほうが相当に動揺していた。

問い掛ける視線に応じるように、雅人が視線をあわせてきた。

「開き直って告白するよ。どうやら俺は君のことが好きらしい。もちろん、恋愛感情って意味だぞ」

予想していたことではあったけれど、やはり言葉にして言われると衝撃は大きい。

同性から好きだと言われるのは二度目だった。だが今度は友達というわけでないせいか、以前のときほどショックは強くなかった。

黙り込んでいる実浩を見て、雅人は口の端《は》に苦い笑みを刻む。

「言うつもりはなかったんだけどな……」

こんなことになってしまったから仕方がないとでも言いたげだった。確かに、ここで冗談だと説明されたところで実浩は騙《だま》されなかっただろう。雅人がその手の冗談をする男でないことはわかっているからだ。

「恥ずかしい話なんだけど、自覚したのはおとといなんだ」

それきり会話はなくなって、気まずい沈黙がこの場を支配した。

どう反応していいか、実浩にはわからなかった。

気持ち悪いとか、迷惑だとか、そんなふうには思っていない。芳基のときもそうだった。ただあのときは、いい友人だと信じていた自分の気持ちが裏切られたような気がして芳基を否定してしまったのだ。

では今度はどうなんだろう。

雅人に対して抱いていたのは憧れと、尊敬に近い好意だったが、自分がどう思われているのかはずっとわかっていなかった。最初から下心があって誘っていたわけではなさそうだし、泊まりにおいでと誘ったのも、恋愛感情を自覚する前だと言う。

とても告白を受け入れる気にはなれないけれど、マイナスの気分にはなっていない。ただどう返事をしたらいいのかわからなかった。言うべき言葉が見つからない。

「どうする？　帰るなら、送っていくよ」

「え……？」

沈黙を打ち破った雅人の声に、実浩は思わず顔を上げた。

「泊まる気はなくなっただろ。合意もないのに手を出すつもりはないけど、やっぱり嫌なものじゃないか？」

無理に作る笑顔が、雅人との距離をとても強く感じさせた。

このまま拒否の態度を取れば、雅人はもう二度と実浩と二人で会おうとはしなくなるだろう。それどころか、電車の時間や場所だってずらすかもしれない。そもそも彼があの線を使っているのは、現場へ行く用事があるからで、いずれ利用しなくなるものなのだ。

また同じことになってしまう。芳基と気まずくなってそれっきりになったように、雅人とも疎遠《そえん》になってしまう。

「あ……俺……」

「こんな時間に急に帰るのもまずいか……。じゃあ、悪いんだが一人で泊まってくれないか。一人暮らしの予行練習だと思えばいい」

「でも、有賀さんは……」

「実家までそう遠くないんだ。近くのホテルでもいいしね。中のものは、適当に使っていいから」

「待ってください！」

ソファから立ち上がりかけた雅人のパジャマを、実浩はとっさに掴んでいた。

そんなにいろいろと勝手に決められても困る。実浩は雅人がいても、ちっとも嫌ではなかったし、むしろいなかったら困ってしまう。家主《やぬし》を追い出して、自分だけ泊まるなんてことは出来なかった。

「有賀さんがどっか行くことないです。別に俺……平気、だし……」

「嫌じゃないのか？」

「有賀さんのこと信用します」

そう言うと、雅人は苦笑を浮かべた。

「それも複雑だな」

「どういう意味ですか？」

「信用されちゃうのも、男としてどうかなと思ってさ。まぁ、男の子なんだから、そんなもんか。襲われるって危機感はないよな」

「そんなのないですよ」

憮然《ぶぜん》として答えたのに、雅人は何やら嬉しそうだった。

「一つ聞いていいか？」

「はい……？」

「前に付き合ってた相手はいるのか？」

「……いません」

あまり触れられたくないことだったので、答える声も小さくなった。中学のときから周囲は彼女持ちが多かったけれど、実浩は恋愛に縁がなかったのだ。唯一が芳基の告白だったのだから、この件は自分でも確認したくないことだった。

「そうか」

「でも俺……」

さっきの告白に頷くことは出来ない。そう言おうとして、どうしても言えなかった。口にしたらそれっきりになってしまう。はっきりと断って、芳基と同じように雅人を失うのが怖かった。

「……考えさせてください」

「その余地はあるってことか？」

「たぶん……」

自分でも自信を持てないまま実浩は頷いた。

時間稼ぎにすぎないことくらいわかっていたが、どちらにしても即答は避けたかった。

こんなのは卑怯《ひきょう》だと思ったけれど。

「じゃあ、待ってるよ」

笑って許してくれる雅人が、とても好きだとは思う。その好意の種類をどう判別したらいいのか、よくわからなかった。

春休みに入ってからというもの、実浩は毎日のように雅人のマンションに出掛けていた。休みとはいっても、それは実浩だけであり、雅人は当然仕事がある。だから勉強する場所を提供してもらい、朝から晩まで入り浸《びた》っているのだ。

もちろん鍵ももらっている。

実際に、ここは静かで、勉強するにはとてもいい環境だった。家にいて、母親の気配を四六時中感じているよりは、ずっと集中出来るし、効率もいい。

それは雅人に告白される前に、二人の間で取り決めたことだった。そのために実浩は春休みの特別講習には申し込まなかった。雅人に教えてもらった成果は確実に出ていて、それをさり気なく母親に言ったら、気のない調子で「いいんじゃないの」と許可をくれた。もっとも今の彼女には、さして関心のない出来事だったというだけかもしれない。

肝心の家主が、実浩のいる時間には帰ってくることはなかった。

本当は実浩が断るべきだったのだろうが、講習に申し込まなかった上に、家では勉強がはかどらないので、言葉に甘えてしまったのだ。それに、ここで実浩が遠慮したら、そのまま雅人との距離が遠くなってしまうような危機感があった。

一息ついたところで顔を上げ、実浩はごろんとソファに横になった。

きちんとした机と椅子《いす》を提供してくれると雅人は言ってくれたが、それは遠慮してリビングのテーブルを使わせてもらっている。もちろん椅子はなしで、敷いてもらったラグの上に直接座る形だ。

高い天井をじっと見つめ、実浩はまた溜め息をついた。

告白されてから一週間が経つ。実浩は返事を待ってもらったまま、のうのうとマンションまで借りて勉強をしている。

直接会っていないとはいえ、雅人はけっして返事を急《せ》かしたりはしなかった。

いつまで待ってくれるつもりなんだろうか。

雅人は大人の態度を取ってくれているが、このままずるずると、いつまでも問題を先延ばしにしてはいけないだろう。好意に甘えてばかりで、姑息《こそく》に雅人を引き留めるような形が許されるはずもない。

もしかしたら雅人はもう諦《あきら》めていて、それでも約束だけはと今こうして果たしてくれているのかもしれない。最後の日に、じゃあまたと言って別れて、それっきりにしてしまう算段なのかもしれない。

春休みの残りは半分くらいで、その先のことは何も決めていなかった。話す機会もないけれど、それっきりになってしまいそうな危機感は強い。

それが当然だろうと思う。実浩だって断っておいて、今までと同じように付き合ってくれなんて言うつもりはない。

実浩はまた大きな溜め息をついた。

勉強以外の時間は、いつだって返事のことばかり考えている。

いろいろなことを十分にわかっていながら、もう少しもう少しと、ここまできてしまった。いくら考えても前には進まず、同じところをずっとぐるぐると回っている。

「……どうしよう……」

断れないから、悩んでしまっているのだ。返事は二つに一つで、その一つをしたくないというならば、残る返事は決まっている。

だが雅人の告白を受け入れるということは彼の恋人になるということだった。

(好き……だけど、でも……)

好意の種類が雅人と同じものであるとは限らない。恰好いいとは思うし、毎日だって会いたいと思うし、好きだと言ってくれたことは嬉しい。

そう、衝撃が去った後に残ったのは確かに歓喜だったのだ。芳基のときとは違っていた。

何よりキスをされたというのに、嫌悪《けんお》感を覚えなかった。

(そういうことなのかなぁ……)

実浩は少し想像をしてみることにした。付き合うとなったら、まずデートという発想に繋《つな》がる。

(……今までと変わらないじゃん)

これまでのお出かけだって、二人の関係が恋人同士だったら立派なデートだ。これからと、どこに差があるのかよくわからない。違うのは、この間みたいにキスをすることや、その先のことがあるということで……。

実浩は眉間《みけん》に縦皺《たてじわ》を寄せた。

たぶん一番のネックはそれだった。

（……でも、しちゃえば、そんなに凄《すご》いことじゃないかもしれないし……）

相手のことが好きで、告白も嫌じゃなくて、何よりもずっと付き合っていきたいのだったら、答えなんてもう一つしかないではないか。

曖昧《あいまい》な結論を抱えたまま、実浩は携帯電話をバッグから掴み出す。

雅人が何時に帰ってくるのか、実浩は知らない。実浩が帰る時間はまちまちなのに、一度も会ったことがないのは、おそらく帰ったのを確かめてから帰宅しているのだろう。

そんな気がしてきた。

だから登録した雅人の携帯に電話を掛けた。留守電に繋がったが、それは仕事中なので当然だろう。ガイダンスが流れる間に決心を固め、自分に逃げを打たせないためにも思い切って言った。

「あの……返事、しますから。マンションで待ってます」

操作を終えると、大きな溜め息が出た。

口にして言うことで、いよいよ心は決まった。本当は告白されたあの日から、実浩の中で出すべき結論は見えていたのだ。ただ単に、開き直ってしまえなかっただけだった。

それからの三時間は、とてもじゃないが勉強にならなかった。

八時、九時と、時計の針は進んでいく。

メッセージを聞いていないのか、仕事が忙しいのか、それとも、あえて帰ってこない気なのか。

思考はマイナスになっている。

告白なんてしたものの、一週間の間に雅人はもう後悔していて、返事を避けているのかもしれない。

(変なの……)

返事を避けられることがマイナスだと思うなんて、つまりは成就《じょうじゅ》を望んでいるということだ。あれこれ考えていた割には、シンプルな結論だった。

死ぬほど好きとか愛しているとかいう感情ではないけれど、雅人の恋人にはなりたい。

それが実浩の今の真実だ。

ふいに玄関で物音がして、どきんと心臓が跳《は》ね上がる。こちらに向かって歩いてくる雅人の姿をじっと見つめた。

一週間ぶりに見るその顔を見て、胸の中にじわじわと喜びが広がっていく。会えるのが、こんなに嬉しい人は初めてだった。

「おかえりなさい」

「遅くなって悪かった」

急いで帰ってきたらしいことは、聞くまでもなく雰囲気でわかっていた。

実浩はかぶりを振って、雅人が落ち着くのを待った。遅くなったことを謝るのは、きっと実浩のほうだ。

やがてコートとバッグを置いた雅人は、実浩の隣に腰を下ろした。

「その……ええと……」

ずっと考えていたのに、言葉は出てこなかった。

好きですとか、付き合いましょうとか、いくらでも告げる言葉はあるはずなのに、恥ずかしくてどれもすんなり口に出来ない。

実浩は意を決して雅人のほうを向くと、そのまま物言いたげな唇に自分のそれを一瞬だけ合わせた。

触れてすぐに離れる、短いキスだった。

それだけでも実浩は顔から火が出るんじゃないかと思うくらいに赤くなっていた。

「……実浩くん……」

「そ、そういう、ことですからっ」

呆気《あっけ》にとられていた雅人の顔が、みるみる笑みに変わっていく。

隣に座る実浩の身体を、彼は長い腕で引き寄せ、緊張するのを宥《なだ》めるように緩《ゆる》やかに抱きしめた。

「良かった。感触としては、そう悪くなさそうだって思ってたんだけどな」

「そうなんですか……？」

「何となくね。ところで、キスしてもいいかな？」

わざわざ聞かなくてもいいのに、と思いながら頷くと、顎《あご》を掬《すく》い上げられて、端整な顔が近づいてきた。

実浩が思わずぎゅっと目を瞑《つぶ》ったのを見て、雅人は少し笑ったが、すぐに唇を重ねて、何度も啄《ついば》むようにキスをした。

がちがちになっている実浩の背中を、大きな手があやすようにして軽く叩《たた》く。

「口、開けて」

「え……?」

「キス、させてくれるんだろ?」

からかうように言われて、実浩はおずおずと堅く閉ざしていた唇を開いた。キスが単に触れるだけのものじゃないことくらい、実浩だって知っていた。

もちろん、頭の中だけで。

深く唇が重なって、初めて他人の舌の感触を知った。

「ぁ……」

ぞくぞくと奥底から這《は》い上がってくるものの正体が快感だというのはわかっていた。キスが気持ちいいという意味を、雅人が教えてくれているのだ。

指先から力が抜けていく。雅人の腕の中は暖かくて気持ちが良くて、このままずっとこうしていたいと思えてくる。

帰りたくない。

唐突《とうとつ》に思ったわけじゃなく、たぶんここへ来るたびに実浩はそう思っていた。たとえその気持ちの中に、現実からの逃避がまじっていたとしても。

やがてゆっくりと唇が離れていく。

実浩はとろりとした意識のまま、雅人に身体を預けていた。

なのに雅人は、あっさりと言う。

「送っていくよ。あんまり遅くなるとヤバイだろ」

実浩は一緒にいたくて仕方がないのに、雅人のほうはそうじゃないのだろうか。

恋人になることをOKして、蕩《とろ》けるようなキスをしておいて、その余韻《よいん》も去りきらないうちに帰れなんてあんまりだった。

「……泊まるって、言っちゃったんです。さっき、電話で……」

とっさに実浩は嘘をついた。

「困ったな。今日はちょっと理性に自信がないんだ」

雅人は苦笑まじりに呟いた。

何を言わんとしているかくらい、実浩にだってわかっている。覚悟というほどのものでもないが、心は決めたのだ。

実浩の唇に、雅人はもう一度キスを落として笑った。

「まぁ、大丈夫だとは思うけどね。本当は今すぐにでも抱きたいくらいだけど」

「ええと……」

「試してみるか？」

冗談めかして雅人は言った。

実浩が嫌だと言えば、そのまま笑って流してしまう気なのだ。

「その……聞かれると、返事出来ないって言うか。だから……何となく、そういう雰囲気になったらっていうのじゃ駄目ですか？」

「じゃあ、なれば今すぐでもいいわけだ」

雅人は楽しげに言って、ぎゅっと実浩を抱きしめてくる。

実浩は否定しなかった。抱きしめられてキスをされて、たぶん自分でもそれとわからないうちに雅人が欲しくなっているみたいだ。

もっと触れたくて、触れられたいという、本能的な欲求だった。

雅人は笑いながら、指先で実浩の唇をなぞって囁《ささや》いた。

「後で、そういう雰囲気にしてあげるよ」

勝手に顔が熱くなるのを、実浩は止められなかった。

二度目に借りたバスルームに、実浩は今日も長く入っていた。最初のときは楽しさのあまり、そして今日は、念入りに身体を洗い上げるためだった。

心臓が破裂しそうなほど鼓動が速い。

抱きたいのだと雅人は言ったから、実浩は抱かれるほうなのだろう。抵抗感はもちろんあったけれど、実浩には経験もないし、何をどうしていいのかわからないのだから、やっぱりしてもらうしかない。

大きく深呼吸をして、脱衣所へ出た。

先日泊まったときにはあらかじめそのつもりだったから服も用意してきたが、今日は着替えを借りることになった。用意されていたのはパイル地のローブ一枚だった。

「……どうせ、脱ぐんだし……」

たぶんそういうことなんだろう。婉曲《えんきょく》的な言葉で抱くことを宣言されているのだから、今さらだった。暖房が効いた室内は、ローブ一枚でも寒いということがなく、実浩は大きく頷いて廊下へ出た。

先日泊めてもらったのは客間のほうだったけれど、今日はそちらに寝具の用意はされていない。

さっきの話のあとですぐシャワーを浴びた雅人は、寝室に本を持ち込んでベッドの上でそれを読んでいた。実浩にはわからない、英語で書かれた専門書のようだった。

「おいで」

本をサイドテーブルへ置きながら、雅人は実浩を呼び寄せる。まるで小動物や子供を怖がらせまいとしているみたいだ。

ぐずぐずしないと自分に言い聞かせ、雅人の目の前まで歩いていく。

伸ばされてきた手が実浩の手を取り、ベッドに腰掛けるように促した。それから実浩をベッドの中に引き込んでしまうと、軽く抱きしめたまま言った。

「緊張してるな」

「だって……」

「笑えることに、俺もなんだ。欲しくてしょうがない相手とセックスするのも、こんなに性欲感じたのも初めてかもしれないな」

ゆっくり唇が塞《ふさ》がれた。

セックスだとか性欲だとか、直接的な言葉で煽られた緊張感は、すぐに心地好さの中に消えていく。

リビングでのキスよりも、ずっと激しくて濃厚な、理性を奪い去ろうとしているかのような行為は、気が遠くなるほど長く実浩の口腔《こうこう》を支配した。

「ふ……ぁ……」

風呂で暖まった身体が、もっと熱くなった。身体中のどこにも力が入らず、このままどうにでもなってしまいたくなる。

離れていった唇が、頬から顎、首から肩へとくちづける場所を変えていく。

くすぐったい感触に首を竦《すく》めながら、実浩はそろりと目を開けた。気が付かないうちに室内の照明は光量を落とされていて、淡い暖色の光しかなくなっていた。

それでも、目が馴《な》れれば十分なほどの明るさになるだろう。

キスをしながら、雅人はローブの前を開いていった。

少し冷たい指先が素肌に触れて、身体中を優しく撫《な》でながら、実浩の反応を探っていく。そして胸元に辿りついた唇は、淡く色の付いた乳首を含み、強く吸い上げたり軽く歯を立てたりして、柔らかだったそこをぷっくりと浮き上がらせた。

胸なんか弄《いじ》られるのはもちろん初めてで、何だか変な気分だ。くすぐったいようでいてどこか違う、味わったことのない感触だった。

こんな痩《や》せぎすの身体なんて抱いて雅人は楽しいんだろうかと不安だったが、まったく意に介したふうもなく、愛撫《あいぶ》は続けられる。

撫でられるのが気持ちいい。そして舌の絡《から》む胸の粒は、じわじわと甘い心地好さを感じ始めていた。

「ん……」

ちゅっ、と音を立てて吸われて、鼻にかかった声が漏れる。

やわやわと動き回っていた指先が下肢に伸びて、その中心に絡みついてきたとき、ぼんやりとしていた快感が、輪郭《りんかく》を持った明確なそれに変わった。

「ぁ……っ！」

他人の手など初めてのそこは、愛撫に対してあっけないほど従順だった。実浩が知っている感覚よりも数段鋭い快感に翻弄《ほんろう》されて、無意識に腰が浮き上がる。

自分でも信じられないほど声が甘く掠《かす》れた。

だが今はそれを恥ずかしいとか、みっともないとか思っていられる状態じゃなく、実浩は身体の下に敷いた状態のローブを両手でしっかりと摑んで、どうにもならない熱い身体を持てあましていた。

指先を追って、唇をゆっくりと下肢《かし》へ滑らせていき、雅人は躊躇《ためら》うことなく実浩のそれを口に含んだ。

「あっ、ん……ん！」

びくんと大きく震えて、腰が逃げようと捩《よじ》れそうになる。

それを力で押さえ込んで、雅人はもっと感じさせてやろうと舌を使った。同性にしてやるのなんて初めてだが、どうすればいいかくらいはわかっている。様子を見ながら愛撫を続ければ、実浩は泣きそうになって、それでもひどく気持ち良さそうに甘く喘《あえ》いで、肌を震わせた。

今日の夕方までは、まさか実浩をこの手に抱けるなんて思ってもいなかった。

だがこれは現実だ。実浩は告白を受け入れ、恋人として、こうして雅人の愛撫を受けて嬌声《きょうせい》を上げていた。

「も……だめっ……」

懇願《こんがん》する声を無視して、先端を強く吸い上げる。

実浩は切羽《せっぱ》詰まった悲鳴を上げて達し、そのままシーツに沈み込んだ。

力なく投げ出された身体は、女性のものとは違うラインをしているけれど、今まで抱いた誰よりも雅人の欲望を刺激した。しなやかで、清廉《せいれん》な色気を感じさせる身体だ。絶頂の余韻《よいん》に浸っている表情も、たまらなくそそる。

すんなりと伸びた脚を抱え上げ、雅人は細い腰の下に枕を二つ押し込んだ。それから先ほど口で受け止めたものを指に掬《すく》い、最奥を濡《ぬ》らした。

「な、に……?」

とろんとした問い掛けは、半ば無意識だった。それがわかっているから、返事をしないまま指に押す力を加える。

「つん……」

濡れた指先は、思ったよりずっと簡単に中へと潜り込んでいった。実浩の身体に力が入っていなかったのが良かったらしい。

やがて正気づいたように実浩は目を瞠る。身体に力が入ったのが、指の締め付けでわかった。

「やっ……」

萎縮《いしゅく》する身体を解《ほぐ》そうと、雅人は唇にキスを繰り返した。

雅人のしていることの意味はわかっているらしく、戸惑いは強く見せるものの、制止の言葉は出てこない。

きっと一週間、いろいろと考えたのだろう。その中にはセックスのことも入っていたはずで、結論を出すのと同時に、抱かれることも心に決めていたのかもしれない。

やがて指は抵抗なく実浩の中で動くようになった。

湿ったいやらしい音が響き、実浩の羞恥心《しゅうちしん》を煽っているが、雅人にとっては恥ずかしそうな様子さえも愛おしく思えた。

想いの強さと激しさに、時間は関係ないのだと雅人は初めて知った。こんなに短い間に、誰かが自分にとって何より愛しい存在になることもあるのだ。

慣らすことを目的に、雅人は指を増やして実浩の後ろを緩やかに突く。

出来る限り苦痛を与えたくはなかったが、どこまですれば十分なのか、雅人にはよくわからない。

涙を浮かべて懇願《こんがん》するように見つめてくる実浩に、雅人の理性はそろそろ限界を迎えようとしていた。

「息、吐いて」

ずるりと指を引き抜くと、高まった欲望を同じ場所にあてがう。

予感に震えながらも、実浩は言われるままゆっくりと息を吐き出した。

呼吸にあわせて、雅人はじりじりと腰を押し進めていく。熱い内部は、抵抗を見せながらも雅人を迎え入れ、すぐに馴染《なじ》んでいった。

深いところまで入り込んだ後も、雅人はしばらく動かずに、実浩の髪を撫でていた。汗で張り付いた前髪を梳《す》いてやると、恐る恐るといった様子で大きな目が開いた。

「痛いか?」

少し躊躇って、実浩はかぶりを振った。まったく痛くないわけじゃないだろうが、文句を言うほどでもないようだった。

「何か……」

「うん？」

「……すごく奥まで、いる感じ……」

消え入りそうに小さなその声に、雅人は目を細めて笑った。それからゆっくりと、彼は自分の快感を追うために動き出した。もちろん、一緒に実浩が感じてくれるように、前に指を添えることも忘れない。

「あっ、あ……あ！」

穿《うが》つ度に上がる声は、苦痛と快感がないまぜになった、悲鳴のような響きだった。

縋《すが》るように布を掴む指先をそこから剥《は》がし、雅人はしなやかな腕を自分の首へと導いた。しがみついてくる様が可愛くて仕方ない。恋人というのは、こんなにも胸を騒がせてくれるものだったのだ。

「あ……んっ、有賀さ……」

「雅人って、言ってごらん」

優しい声で促すと、実浩の唇が素直に従おうとしているのが見えた。

「ん……っぁ……あっ、雅……人……」

名前を呼んで欲しいと思ったのは初めてだった。実浩の声が自分の名前を呼ぶことに、いい知れない歓喜を覚え、快感をより深くしていく。

ただの欲望でも興味でもなく、義務でも惰性《だせい》でもない。愛してやりたいと思いながらセックスしたことは、かつて一度もなかった。

何度も何度も、実浩が雅人の名前を呼ぶ。

実浩の声を聞きながら、雅人も深い快楽の中にすべてを預けていった。

始業式を明日に控えた、春休みの最後の朝も、実浩は雅人の腕の中で目を覚ました。

あれからずっと、家には帰っていない。母親は、実浩が家に帰りたがらないのを察しているから、外泊について何も言わなかった。家出や非行は有りえないと思われているのか、昔から放任主義なのだ。

年上の男の恋人が出来て、セックスまでしているなんて考えもしないのだろう。

昨日と今日は雅人も休みだ。だからおとといの夜からずっと、ベッドで過ごした。淫蕩《いんとう》なその気配は、まだ色濃く部屋の中に残っている気がした。

凄いことをしていると思う。

最初の夜から何度雅人に抱かれたか、もう覚えてもいない。触れられてくすぐったいと思えた場所は、甘く快感を作り出す場所に変化し、快感の追い方も覚え、何よりも後ろだけで達《い》くようになった。

短い間に起きた自分の身体の変化は、実浩を戸惑わせもしたが、慣れていくのもまた早かった。

快楽に溺《おぼ》れていくのは簡単なことで、一度はまり込んでしまうと、そこから這い上がるのはとても難しい。

この数日間は、雅人のことしか考えなかった。身体ごと激しく愛されることに夢中になった。他のことなんて、どうでもいいと思えるくらいに。

眠る雅人の顔をじっと見つめて、実浩は小さく溜め息をついた。

今日から現実に戻らなくてはいけないのだ。明日になれば学校が始まって、受験が待っていて、空気の重いあの家に帰る日々だ。

ずっと春休みが続けばいい。朝なんて来なければ良かった。

また溜め息が出そうになったとき、雅人の手が腰に回ってきた。

それから目を開けて、唇を軽く触れ合わせてくる。おそらく少し前から彼は目を覚ましていたのだろう。

「おはよう」

「ん……」

実浩は雅人が起き出していったりしないように、彼の背中に腕を回して抱きついた。ベッドから出たらカウントダウンが始まってしまいそうな気がした。

「何だ？　朝っぱらから、おねだりか？」

笑みを含んだ声が耳朶《じだ》をくすぐる。昨日までだったらムキになって何か言い返していたところだが、今日はそんな気にもなれない。むしろそう取ってくれても構わないと思った。

だが雅人には、実浩の言いたいことがわかっていたらしかった。

「週末になったら、泊まりにおいで」

「うん」

「塾のない日で、俺の仕事が早く上がれば平日も会えるよ」

頷くだけの返事をしながらも、きっとそれだけでは満たされないだろうと思った。

雅人だって同じはずだ。

「一カ月もしないうちに連休もあるし」

「予定、空けといてくれる？」

「当然。それより受験生のほうが心配だな」

「俺は平気だよ」

平気じゃなくても、きっと無理にそうしてしまうだろう。

それがわかっているのか、苦笑しながら雅人はもう一度キスをしてきた。今度は触れるだけじゃない、深いキスだった。

指先が明確な意図を持って、身体の奥に入り込んでくるのを感じる。もう覚えてしまった長い指が、内部で好き勝手に蠢《うごめ》いて、実浩の官能を呼び覚ましていく。

「っぁ……ん……！」

耳朶を噛《か》む愛撫に肌を粟立《あわだ》たせながら、実浩は甘く喘ぎ続けた。

「おじさまから電話があったんだけど」

十分で済むからと言って、絵里加は仕事中の雅人を電話で外へ呼び出し、前置きもなくそう言った。たまたま近くへ来る用事があっただけだというから、時間がないのはお互いさまだった。

「……親父《おやじ》から？」

まず有りえないことだった。

絵里加は大きな溜め息をついて続ける。

「昨日ね。雅人が男子高校生と付き合っているのを知っているか……って」

ぎくりとした。絵里加に話が行ったこと自体はどうでもいいが、久郎が感づいたという点が無視できない問題だ。

だがそれで納得がいく。雅人は昨日、久郎からオーストラリアへ何年か行くように言われたばかりなのだ。事務所では、現地で劇場や映画館やショッピングアーケードなどが入った大規模な複合施設の仕事が入っていて、そのメンバーに加われということだった。そしてもう一つ、現地の企業が新しくオフィスビルを建てるとかで、その設計者に雅人を指名してきたそうだ。

裏のありそうな話だ。以前賞を取ったデザインを見て気に入ったらしいと説明されたが、おそらく久郎が何か働きかけたに違いなかった。そうでなければ、こんな若造《わかぞう》をわざわざ指名してくるとは思えない。

魂胆《こんたん》は見えていた。

「詳しく教えてくれ」

「ふーん……否定しないんだ」

絵里加は信じられないという顔をして、かぶりを振った。

「いいから言えって」

「だからね、女子高校生と付き合ってるって噂だったから調べたら男子高校生だったんだけど、それ知ってるのかって。だから、女子高校生とマジで付き合ってるって話なら聞いてたって言っておいた」

「わかった」

舌打ちしたい気分だった。どこからか実浩のことを耳にして、気になって調べてみたら男だとわかり、焦《あせ》ったというわけだ。

父親が歓迎しないことはわかりきっていた。相手は男で、しかも高校生だ。だがそれくらいのことで雅人の何が変わるわけでもなく、ただ少し面倒だなと思うくらいだった。昨日の話だって、承知する気はなかった。

単に実浩と離れたくないだけじゃなく、そんな大きな施設の設計に、もともと雅人が興味を持っていないせいだ。それよりは、頼まれた知人宅の設計をしてみたかった。

「ずいぶん悠長《ゆうちょう》に構えてるじゃない」

「勘当《かんどう》したいならすればいいし。会社辞めろっていうなら、それもいいかなと」

「ふーん。有賀久郎ブランドなしで、何とかなんの？」

きつい一言だが、もっともな意見でもあった。

「最初はきついだろうな」

「まぁ、別に幼なじみがホモでも私に影響はないから好きにすれば。私はこういうことに関して自分の発言に責任持ちたくないしね」

絵里加らしい言いぐさだった。あっさりしていると言おうか、合理的と言おうか、アドバイスを求めるには向かないが、実にその言葉は気持ちがいい。

「そうする」

「じゃ、それだけ。またね」

実にあっさりと絵里加はその場を立ち去っていく。

雅人もあまり長く席を外してはいられず、ふっと息をつくとすぐに事務所へと戻っていった。父親の件はもちろん引っ掛かっていたが、そのときの雅人は、さして大きな問題だとは思っていなかった。

模試の結果を眺めながら、塾の入っているビルを出て、実浩は大きな溜め息をついた。

雅人と付き合い出してからずっと浮かれていた頭を、ガツンと何かに叩かれて、目を覚まさせられた感じだった。

「ヤバイかなぁ……」

模試の結果は、以前よりも悪くなった。両親はどちらもそういうことに関心を持ってくれないので何も言われまいが、危機感は誰よりも実浩自身が抱いていることだった。

原因はわかっている。

以前より勉強する時間が極端に減ったのだ。雅人との時間を積極的に作っているし、頭の中も恋愛のことでいっぱいで、毎日会うわけじゃないから勉強時間はあるはずなのに、どこか浮ついてしまって身が入らない。受験を理由に恋人と別れるという話を聞いたことがあったが、そのわけが少しわかった気がする。

指先が引っ掛かっていた合格ラインは、今や届かないところへ行ってしまった。

それでも、やっぱり雅人に会いたかった。

三年に上がって二カ月近くが経って、塾が今までよりも増えたから、会える時間はとても貴重だ。電車の中の短い時間と週末しかなくて、だからその分を取り戻すように、濃密な時間を過ごす。

会えば会うだけ、身体を重ねれば重ねるだけ、雅人のことが好きになっていくような気がした。

模試の結果をバッグにしまい、雅人のマンションへ行くために足を速める。

日がずいぶんと長くなり、六時をとっくに過ぎても暗くなる気配すら見せなくなった。気温は夏に向けて上がり、足早に歩いていると汗ばむほどだ。

模試の結果は、雅人には黙っていることにした。知れば責任を感じて溜め息をつくだろうし、もしかしたら泊まってはいけないなんて言い出すかもしれない。

(そうなる前に、ちゃんと勉強するときはして、結果出さないと……)

逸《はや》る心のままに、駅へと向かう足は自然に速くなる。急げば一本早い電車に乗れるかもしれず、そうなれば数分早く雅人のマンションに着くことが出来るだろう。

「北実浩くん?」

いきなり名前を呼ばれて、思わず足が止まった。

見知らぬスーツ姿の男が、確かに実浩の名前を呼んだのだ。覚えのない顔だった。歳は四十過ぎくらいで、眼鏡《めがね》を掛けたインテリふうの男だ。どう考えたって、今まで接点を持った人物とは思えなかった。

「あの……?」

「私は有賀久郎の秘書をしています、竹中一博《たけなかかずひろ》と申します。少し、お時間よろしいですか」

丁寧《ていねい》な口調なのに、上から言われているような雰囲気だった。

頭の中でゆっくりと、言葉の意味を咀嚼《そしゃく》していく。有賀久郎といったら、雅人の父親のことだ。思い付く限りでそれ以外に考えられなかった。

(あの、有賀久郎……?)

以前だったら突拍子《とっぴょうし》もない話で信じたりはしなかっただろうが、雅人と関わりを持った今は違う。

竹中は名刺を取り出して、実浩に差し出した。確かにそこには、名乗った通りの肩書きが書いてあった。

有賀の仕事はすでに一般的な設計事務所の規模ではなく、株式会社としていくつもの系列会社を持ち、経営している。従業員の数も、技術者や事務員を含めて三桁《けた》に乗っているという。

名刺から視線を竹中に戻すと、彼はにっこりと笑みを浮かべた。

「雅人さんのところへ行かれるんですか?」

「……そうですけど、あの……雅人さんに何かあったんですか?」

「そうじゃありません。ただ、お話したいことがあるんですよ。マンションまで送りますから、聞いていただけませんか。話はその間に済むはずです」

さすがに即答することはできず、実浩はじっと竹中を見つめた。

「……わかりました」

「ではこちらへ。車を停めてありますから」

てっきりタクシーか何かだと思っていたのに、竹中は自分の車を停めてあって、その後部シートに実浩を乗せて走りだした。

道は少し込んでいて、思っていたよりも時間が掛かりそうだった。たぶん、電車のほうがずっと早く着くのだろう。

「北くんは、建築方面を志望されているそうですね」

「そうですけど……」

「有賀久郎のことはご存じだと思ってお話しさせていただきます。もちろん今回も、有賀の名代《みょうだい》として参りました。単刀直入《たんとうちょくにゅう》に言いますが、雅人さんとのお付き合いをやめていただけませんか」

「え……？」

いきなりすぎて、理解が出来なかった。初対面の相手に突然そんなことを言われ、返事をすることさえままならない。

「調べさせていただきました。それで、有賀としましても、ずいぶんと胸を痛めておりましてね。雅人さんには一番期待していますし、可愛がってもいますので」

竹中の言うことは納得出来た。子供が同性の恋人を作ったと聞いたら、普通は思い悩むだろう。実浩の両親だって、いくら自分たちの問題で手一杯とはいえ、相当にショックを受けるはずだ。

祝福されることなんて期待していなかった。否《いな》、まだそこまで考えてもいなかったのだ。始まったばかりの恋に夢中で、お互いしか見えなくて、家族とか、世間とか、そんなものは視界にすら入っていなかった。

「君のご両親だって、知られたらきっと嘆《なげ》かれるでしょう。まして君は、とても大事な時期なんじゃないのかな」

実浩の脳裏《のうり》に、模試の結果が浮かんできた。家庭内のごたごたで悩んでいたときのほうが、ずっと成績が良かったのは事実だった。

「雅人さんにとっても、そうなんですよ」

「……どういう意味ですか……？」

「シドニーで大きな建設計画がありましてね。彼は現地で仕事をすることを望まれています。別口で設計の話もあります。雅人さんの作品を見た現地の有力者が、ぜひにとおっしゃっているんですよ。有賀は雅人さんのために、それを進めたがっているんですが、当の本人が嫌だというんです」

「だって、雅人さんはもともと、個人の家の設計をしたくて……」

「もちろんそれも素晴らしいことです。だが今しか出来ないこともあるとは思いませんか。大きな仕事ですよ。彼の才能を最大限に発揮できるかもしれないんです。君なら、理解してくれると思いますが……」

「それは……」

「雅人さんは、有賀の会社を追われてもいいとまでおっしゃっている。その理由は彼の理想にもあるでしょうが、何よりもね、君のことが重大なんだそうです」

「え……？」

実浩は大きく目を瞠った。雅人の覚悟に対してもそうだったが、自分が原因だと言われたことが胸に響いた。

嬉しかった。だが同時に、それはいけないとも思った。今の雅人が父親である有賀久郎のもとを離れるということが、どれだけ大変なことかは、まだ高校生の実浩にだってわかる。

「少し自分を見失っているようなんです。どうも雅人さんにわかっていただくのは難しそうなので、君にお願いを……」

「……嫌です」

まったく揺るがなかったと言えば嘘になるけれど、それは雅人の可能性という点で攻められたせいだった。簡単に別れられるほど、実浩は気軽に付き合っているわけじゃない。

「雅人さんと別れても、将来のことは約束しますよ。就職でも何でも、お世話してさしあげます」

「要《い》りません！」

カッと頭に血が昇り、実浩は両手を膝の上できつく握りしめた。

それではまるで、雅人のバックグラウンドに魅力を感じているようではないか。確かにそれも含めて憧れてはいたが、それと恋愛とはまったく別物なのに。

怒りでくらくらと目の前が揺らいだ。

「ここで降ります。これ以上、聞く気はないですから」

実浩はそう宣言するやいなや、ちょうど赤信号で止まっていた車から車道へと降りた。車の間を縫って歩道へ出た頃に、信号が変わって車は走り出した。竹中がこちらを見ていたかどうかは知らない。実浩はそちらに目を向けたりしなかったからだ。

大きく息を吸い込んで、吐いて、それからここがどこかを確かめた。

幸い、塾とマンションの真ん中くらいにある駅の近くらしい。そのまま道を尋《たず》ねながら歩き、電車に乗って後はいつもの道を辿っていった。

マンションに着いた頃には、さすがに暗くなっていた。

エレベーターの中で、ぱちぱちと頬を叩いて活を入れ、もう一度大きく深呼吸をしてから合い鍵で部屋へ入った。

休みのはずの雅人は、いつもだったら実浩を出迎えてくれるのに、今日はその代わりに、一枚のメモが置いてあった。アクシデントがあって、出るはめになったらしい。九時には戻ると書いてあった。気が付かなかっただけで、携帯電話にもメッセージが残されていた。

大きな溜め息をついて部屋に上がった実浩は、普段は入らない部屋のドアが少し開いていることに気が付いた。よほど慌てていたのか、閉め忘れていったらしい。

雅人の仕事部屋だった。明かりも点《つ》けっぱなしになっていた。

消しておこうと中に入ると、大きなデスクの上に、プリントアウトされたパースが何枚も載《の》っていた。嫌でも目に入るような大胆な置き方だった。

実浩ははっと息を飲んで、ふらふらとデスクに吸い寄せられていく。

描かれているのは、美しい建物だ。先日賞を取ったという作品で、都内に造られる新しい美術館だという。小規模で、華美でないのに無駄のないそのラインははっとするほど美しく、シャープさはあるのに、どこか優しい感じもする。

それがいくつもの方向から描かれているのだ。もちろん中のイメージもある。

綺麗だと思った。実浩なんかはまだ素人《しろうと》だから大層《たいそう》なことは言えないが、だからこそ純粋にこれを美しいと思った。もちろん、それだけではないのだろうが、実浩にはまだそこまでのことはわからなかった。

「すげ……」

いつか雅人と話した、理想の家のことが頭に浮かんだ。ありきたりの、けれども住み心地の好い、つい帰ってきたくなる家。

だが帰ってきたくなる家というのは、建築士が作るものじゃない。現に今、実浩の家はそうでなくなっていて、その原因は住んでいる人のほうにある。

「理想か……」

現実とのギャップは何にでもあるのだ。雅人は実浩のことを理想なのだとも言ったが、きっとそれだっていつかギャップを感じるようになるのかもしれない。

溜め息がこぼれる。

この憂鬱《ゆううつ》な気分を、早く雅人に忘れさせて欲しかった。

雅人のマンションに泊まった次の日は、いつも夜の九時くらいになって自宅に戻ることにしている。毎週のようにそうしても、両親は何を言うでもなく、そろそろ放任というよりは無関心の域に達してきたようだった。

「ただい……」

習慣で口にしかけた言葉は、奥から聞こえてきた金切り声に、最後まで言うことなく飲み込まれていった。

母親がヒステリックに叫んでいる。

実浩は顔をしかめた。口論の真っ最中に帰ってきてしまうなんてついていない。

実浩は急いで自分の部屋に上がり、ぴったりとドアを閉めた。ずるずるとドアに凭れて座り込み、大きな溜め息をついた。

楽しい時間はあっという間だ。土曜日は楽しいのに、日曜日の朝になるともう憂鬱で、それでいつも雅人に宥められている。

昨日は特にそうだった。滅入《めい》っているのは隠しきれず、何かあったかと尋ねられて、とっさに模試の結果のせいにしてしまった。言うまいと思っていたことだが、竹中に会ったことや言われたことを教えるよりはずっといいと思ったのだ。

案《あん》の定《じょう》、雅人は責任を感じていたが、それは自分の問題だから大丈夫だと実浩は宣言した。実際、普段の日にちゃんと勉強さえしていればいい話だろう。

「勉強しなきゃな……」

雅人との時間を減らさないためにも。

それに色ボケして大学に落ちるような人間は、雅人の理想からは外れてしまうだろう。

実浩が机に向かう頃には、下から声は聞こえなくなっていた。

両親は恋愛結婚だ。大恋愛だったと、まだ家の中がこんなふうになる前に何度ものろけるように教えられた。互いの両親に反対を受けながらも、それを押し切って結婚したのだと幸せそうに語っていた。

それなのに、今はこんなだ。あれだけ仲の良かった両親が、いがみ合うことしかしなくなっている。気持ちなんていうのは不変的なものではなくて、真反対のものになってしまうことだって有り得るのだ。

今はこんなに好きな雅人のことだって、いつか好きじゃなくなる日が来るのかもしれない。顔も見たくないと思うときが、絶対に来ないという自信はない。

両親を見ているとそう思う。

否、もしも実浩が変わらないとしても、雅人が変わる可能性だってある。それは単純な気持ちの変化かもしれないし、もっと別なことかもしれない。

たとえば話に出ているという、海外の話。建築士としての雅人にとって、大きな意味を持つはずの仕事を断り、もし本当に事務所を出ることになったら、彼はいつか後悔するんじゃないだろうか。今は良くても、そのうちにふと我に返ったとき、あるいは少しでも実浩に疑問を覚えた場合に、断った最大の原因だった実浩に対してそれまでと同じ気持ちを持てるんだろうか。

あの綺麗な建物が脳裏に浮かんでくる。

きっと雅人のためには、偉大なあの父親の期待に応えたほうがいいのだ。

実浩は机に突っ伏し、ぎゅっと目を閉じた。

(恋愛って楽しいだけじゃないんだ……)

普通の恋愛だって難しいのに、自分たちは男同士で、しかも高校生と社会人だ。始まったときの情熱が冷めたとき、この恋はどうなってしまうんだろう。

嫌なことばかり考えている。

このままでは勉強なんて、出来るはずもなかった。

最近、いらいらして、気持ちがどうにも落ち着かないことが多くなった。

急に忙しくなった雅人とは電車の中で会うことも出来ないし、週末の泊まりも連続で駄目になった。

そして、二週間ぶりに会った雅人は、倒れるんじゃないかというくらい顔色が悪かった。

雅人は何も言わないけれど、きっと強引に仕事を入れられて身動きが取れなくなっているのだろう。

それがわかるから、わがままも言えない。必死で時間を作っている雅人に、それ以上を望んだら本当に倒れてしまう。

時間はたくさん出来たのに、相変わらず実浩の勉強ははかどらなかった。

家の中は相変わらずだが、近いうちにそれも終わりそうだ。母親は二週間前から家を出て、友達のところにいる。誰が見ても修復は不可能なのだし、いつまでも諍《いさか》いを続けているより、結論を出したほうがお互いの、そして実浩のためだろう。たとえ最初はつらくても、ずるずると嫌な気分が長引くよりはいい。長引けばそれだけ、どんどん相手のことが嫌いになっていってしまうだろうから。

思考は着信メロディに中断させられた。

覚えのある番号は竹中のものだ。どうやって調べたのか、三日に一度は掛けてきて、相変わらずの説得を続ける。否、説得というよりも、いかに実浩が愚かなことをしているか、そして不毛な恋をしているかを、冷静に執拗《しつよう》に語るのだ。

もう出たくはなかったが、無視する形で逃げていても無駄なのもわかっていた。

ほとんど嫌がらせなんじゃないかと思うくらいだが、雅人には言えないままだ。実浩の我慢が限界を越えた頃には、もう雅人が今の状態になっていて、とてもじゃないがこれ以上の負担は掛けられなくなっていた。

きりきりと痛む胃に顔をしかめながら、実浩は通話ボタンを押した。

「はい……」

『竹中です。今、少しだけよろしいですか』

「……少しなら」

『一度、お時間を作っていただけないでしょうか。有賀がぜひお話をしたいと申しておりまして』

どきんと心臓が跳ね上がる音が聞こえてきた気がした。

いよいよ真打《しんう》ちの登場というわけだった。

「あ、あの……」

『雅人さんに何も話してはいないそうですね。有賀が感心していました。とても好意的に受け止めていますよ』

話さなかったんじゃない。話せなかっただけのことだ。本当は全部言ってしまいたかったし、喉《のど》まで言葉が出掛かったことも何度かあったけれど、たまたま出来なかっただけなのだ。

そうしたのは、きっと有賀なのだろう。あるいはこの秘書がそう進言したのかもしれない。実浩の性格を見抜いて、雅人との関係のもろい部分を揺さぶるようにして。

ほとんど一方的に話が取り決められていく。

抵抗するほどの気概はもうなかった。逆らうには、実浩はあまりにも無力で、そして幼なかったのだ。

雅人に会いたいと、そればかりを壊れた機械みたいに心の中で繰り返す自分がいた。


一学期の期末考査が終わると、校庭ではおよそ二週間ぶりの部活動が始まった。試験の一週間前からクラブはその活動を停止していたので、試験期間中の憂《う》さを晴らすように、かなり激しく運動部が盛り上がっていた。

だが実浩にとっては、来て欲しくない日だった。

午後から例の約束が入っているからだ。

試験が終わってから、という向こうの配慮だったのだが、実浩はずっと憂鬱な気分を抱えていたのだから、あまり有り難いことだとは思えなかった。

友達を振り切り、指定された場所へ行くと、タクシーが客を一人乗せたまま待っていた。

少し周囲を気にしてから、実浩は後部シートに乗り込んだ。これから有賀久郎の待つどこかへと連れて行かれるのだ。

逃げ出したいくらいに怖くて、緊張して、指先がカタカタと震えていた。

「試験はどうでしたか?」

興味がないだろうに、とりあえずといったふうに尋ねてきた。試験明けだと知っているのだから、それが自然な質問なのだろうけれど、実浩は窓の外を見つめたまま返事をしなかった。

それきりさっさと諦めて、竹中は何も言わなくなった。

やがて来たこともない街の一角で車は止まり、すぐ前のビル脇に竹中は入っていく。入り口が路地の脇にひっそりとついていて、通行人にはそこに扉があること自体わからないような造りになっていた。

ドアには、小さなプレートが掛けられていて、フランス語か何かで文字が書いてある。扉を開けると地下へと階段が伸びていた。

「あの……?」

「店なんですよ。怖いところじゃありませんから」

営業しているのかいないのか、よくわからない店だった。看板もないし、常連以外が入っていける雰囲気じゃない。

だが半地下の店内は思っていたより明るかった。広さの割に席は少なく、空間を贅沢《ぜいたく》に使った造りになっている。

カウンターの中に初老の男が一人、そして優美な形をしたテーブルにやはり同じ歳くらいの男が座っているだけだった。

「初めまして。わざわざ時間を作ってもらって、すまなかったね」

有賀はイメージに反して、とても柔らかい声音《こわね》だった。写真で見たことはあっても、その声は聞いたことがなくて、こんな穏やかな話し方をする人だったのかと驚いた。

六十は過ぎているはずだが、実年齢よりずっと若く見え、顔立ちにも雅人との共通点が多い。きっとあと何十年かしたら、雅人もこんなふうになるのだろうと思わせる顔だった。

だが決定的に違うのは、その雰囲気だ。輝かしい実績に裏付けされた自信と風格は、有賀久郎ならではのものだろう。威厳とも言えるオーラを身に纏い、相手を圧倒する力を発していた。

挨拶《あいさつ》をしなくてはと思うのに、声が出てこない。やっとのことで頭だけ下げて、竹中に促されるまま席に着いた。

「食事はまだだろう？　何か作らせようか」

「い、いえっ……」

実浩は慌ててかぶりを振った。空腹感はなかったし、何か食べ物を出されたとしても、とても喉を通るまい。

すると何も言わないのに、店の人間がコーヒーを運んできて、すぐにどこかへ姿を消してしまった。あらかじめ、そういう段取りになっていたようだ。

「用件はわかってくれていると思うが……」

世間話をするつもりはないようで、いきなり本題に入った。もちろん実浩だって、そんな余裕も気持ちもありはしない。

態度は柔らかいし、言葉も優しげだが、有賀が望んでいることはただ一つだ。

「今のことだけじゃなく、もっと先のことを考えてみなさい。雅人もそうだが、君にとっても大事な時期だろう。一時の感情に流されているだけだ。このまま付き合っていけば、必ず後悔するよ。お互いにね」

どきりとした。それは実浩も考えてみたことで、以来頭を離れてくれない懸念《けねん》だった。予感に近いと言ったほうがいいかもしれない。

やはりそうなんだろうか。もし雅人がいつか後悔するようになったら、実浩のことも疎《うと》ましく感じるようになるんだろうか。嫌いになって、顔を見るだけで苛立《いらだ》って、言葉をぶつけ合って、冷たい視線で相手を見るようになるんだろうか。実浩の両親みたいに。

「まだ若いんだ。いくらでもやり直しは出来ると思うがね。傷つくだろうが、それはそのときだけだ。楽しいことはいくらでもやって来て、すぐに痛みも忘れられる」

誘い掛けるような言葉が、不安定な実浩の心を揺さぶった。

自分たちの恋は、こんなにも歓迎されないものなのだ。祝福してもらおうなんて思っていなかったけれど、相手の親に別れろと言われるとも思っていなかった。

続けていく自信なんて、もうなくしてしまった。親にも友達にも、恋をしていることさえ言えず、不安ばかりで、別れたほうがいいと言われ続けているのだ。この先もずっとこうなのかと思うと目の前が暗くなる。

もう疲れてしまった。

「雅人のことを思うなら、承知してくれると信じているよ」

狡猾《こうかつ》な言葉が、目の前に用意されている。

雅人のため。自信がないとか不安だとか、そういう理由ではなく、雅人のために離れていく。逃げ出すんじゃなくて、身を引くのだ。そんな大義名分《たいぎめいぶん》を、有賀は実浩のために用意していた。ずるい言葉以上に実浩はずるいのかもしれない。

「……どうしたら、いいんですか……？」

自分でも信じられないくらい、さらりと言葉は出てきた。今まで喉に絡んでいたのが嘘のようだった。

「何でもいい。とにかく君から雅人に別れ話を持ち出してくれ」

「……それで、オーストラリアへ行く気にさせれば、いいんですよね……？」

有賀は目を細め、まるで優秀な生徒を見つめる教師のような顔をした。

「君はいい子だな。そして聡明《そうめい》だ」

実浩は小さくかぶりを振った。

いい子なんかじゃない。雅人のためだと言いながら、自分を守ろうとしているだけのエゴイストだ。それに聡明でもない。ただ逃げ道を探すのが上手いだけだった。

有賀の視線がちらりと竹中へ向けられる。すると少し離れた場所で黙って立っていた竹中が、すっと近づいてきて、テーブルの上に静かに封筒を置いた。

意味がわからなかった。

「高校生に……とは思ったんだが、他に誠意の示し方がわからなくてね。だからせめて、それで欲しいものでも買いなさい」

「……手切れ金、てことですか……？」

笑いたくなる衝動を実浩は必死で抑えた。

いくら入っているか、見ただけではわからない。きっと高校生が扱いに困らない程度の大金が入っているのだろう。親にも言えないいくらいの大金を、何百万も出すほど有賀は非常識じゃないはずだ。二十万か三十万か、どんなに多く見積もっても百万には届かないだろう。いずれにしても、実浩の恋は、金額にしたらたったそれだけのものだったのだ。

早く一人になりたい。そうして思い切り、笑ってしまいたかった。

「今日、雅人さんと約束があるんですけど、このまま帰ります。今までのことは言わないで、今日のこと……手切れ金受け取って、別れるって約束したことだけ言ってください」

実浩は白い封筒を摑んで、睨むようにして有賀を見据えた。

「君が女の子で、後五年してから雅人と会っていたら、祝福したんだがね」

「そんな……こと……」

それが何だと言うのだろうか。どうあがいたって実浩は男で、出会ったのは数カ月前だ。

「信じないかもしれないが、私は君をとても気に入っているんだよ。雅人の後輩として引き合わせてもらっていたら、本当に良かったんだが……」

「……失礼します」

実浩は乱暴に封筒をバッグにしまい、逃げるようにして店を出た。送るという竹中の言葉は無視した。これ以上、一緒にいたくはなかったし、二度と会いたいとも思わなかった。

あれだけ笑いたいと思っていたのに、少しもそんな気持ちになれない。初めて一人でタクシーに乗って、自宅のある町名を言い、小さくなって俯《うつむ》いた。

目の前が滲《にじ》んでよく見えない。

笑う代わりに泣いている自分に気がついても、それを滑稽《こっけい》だと笑うことは出来なかった。


塾の講義が終わると、実浩は携帯電話の着信を確かめて溜め息をついた。

今日は一度も雅人から掛かってこない。

あれから何回も、電話はきた。有賀から話が行って話したがっているのはわかっていたが、実浩は一度も通話ボタンを押していない。

だって、話したら、気持ちが変わってしまうかもしれない。

今の感情に負けたら、この先もずっと苦しい思いをすることになる。

たぶん今の実浩が雅人と付き合い続けても、結局は駄目になるだろう。そのうち上手く嚙み合わなくなって、些細《ささい》なことで苛ついて、疎ましくなってしまうかもしれない。そうしたら最初は良く見えていた実浩の性格だって、欠点が目について、嫌になるだろう。

そんなことになりたくないと思い、矛盾《むじゅん》に気づいておかしくなった。

実浩が今、していることは、雅人にとってみたら裏切りであって、それこそ憎まれたって文句は言えない。どっちもどっちだと苦笑しながら、帰りたくない家に帰るために部屋を出た。

ふと廊下の窓から外を見たとき、実浩はとっさに窓から離れて身を隠した。

足が震える。視線の先には雅人がいて、明らかに実浩が出てくるのを待っていたが、こちらには気づいていないようだった。

(どうしよう……)

雅人に会って、嘘を貫《つらぬ》く自信がない。有賀からあの話を聞けば、実浩に呆れかえって怒って、それで見限ってくれるかと思っていたのに、どうしても直接話をしないことには収まりがつかないらしい。

その場で立ち竦んでいたとき、別の教室から出てきた芳基の姿を見かけた。向こうも気づいて、バツの悪そうな顔をしている。

後先を考えず、実浩は芳基に駆け寄っていた。

「頼みがあるんだ。ごめん。こんなときばっか……勝手でごめん……」

「な、何だよ？　どうしたんだよ？」

ひどく戸惑いながらも、芳基は実浩の様子を見て真剣な態度を取ってくれた。

あれだけ冷たい態度を取っておいて、都合の悪いときばかり助けてもらおうなんて虫が良すぎる。

わかってはいたけれど、今はそれしか考えつかなかった。


建物に出入りする学生たちの波が止まった。

次の講義が始まる時間になっても、実浩は出てこなかった。今日は来ていないのか、あるいはまだ中にいるのか。それを確かめようにも、先日から実浩は電話に出ようとしない。

諦めて帰ろうとした矢先に、二階の窓に人影が見えた。

（実浩……）

一人ではなかった。一緒に身覚えのある少年がいる。以前、地下鉄のホームで見かけた、ケンカ中だと言っていた友達で、実浩は芳基と呼んでいた。

芳基は実浩の肩に両手を置いて、何か真剣な顔で話をしている。やがて実浩が頷いた。ゆっくりと芳基が実浩を抱き寄せて、そしてキスをした。

実浩の顔は見えないが、嫌がる様子もなく身を任せている。ずいぶんと長い間、キスを交わし、それからまたいくつか言葉を交わしていた。

やがて二人は揃って雅人の視界から消えた。

見たばかりの光景が、にわかには信じられなかった。おそらく、過去に恋愛絡みで何かあったのだろうとは思っていたが、あれではまるで、実浩が芳基を受け入れたかのようだ。

愕然《がくぜん》としている間に、二人が建物から出てきた。

かつての気まずそうな雰囲気はなく、実浩は芳基に頼ったような表情を見せていた。

何か言われて、実浩が表情を少し和らげる。

だがそれも雅人を見つけたときに強張り、芳基の陰に隠れるようにして雅人から視線を逸らした。

芳基は雅人を見て、顔つきを険しくした。

「何？」

「話がある」

「だってさ。どうする？　やだろ？」

その問い掛けに実浩が頷いたとき、雅人は足元を掬《すく》われるような錯覚を起こした。

青ざめた顔からは、実浩が何を思い、どうしてこんな結論に達したのかわからなかった。確かに少し苛ついていたところはあったし、溜め息の数もここのところ増えていたが、雅人の知らないところで、手切れ金をもらったという事実が、父親から聞かされてもなお信じられなかった。

実浩はそんなことはしない。たとえ感情の行き違いがあったとしても、金で恋を清算するような子ではないはずだ。まして二股《ふたまた》を掛けるような質《たち》でもないはずだ。

「ええと、有賀さんだったよね。実浩も手切れ金もらって納得してんだし、その話だって聞いてんだろ？　だったらそういうことなんだから、諦めなよ。実浩は俺と付き合うことになったの。やっぱ高校生と社会人じゃ、いろんなこと合わないじゃん？」

雅人は目を眇《すが》めてそれを聞いていた。どうして実浩ではなく、芳基がそれを言うのかと腹立たしくなってくる。

「それに、もう建築方面に進むのはやめたんだって。だからもう、あんたと付き合ってもメリットはないわけ」

「そうなのか？」

雅人は実浩に視線を向けて、静かに問い掛けた。自分でも意外なほど声は落ち着いていて、頭の中も冷えていた。確かにこの腕に抱きしめていたはずの実浩が、すべて幻《まぼろし》だったような気がしてくる。

黙って頷く実浩の指先は、縋るように芳基のシャツを摑んでいた。怖いものに怯《おび》えるように、そして守ってくれと言わんばかりに。

「親父に何か言われたのか」

実浩は口を開くことなくかぶりを振った。

「あんた見てて、大変そうだからやめたんだってさ」

今度も答えたのは芳基だった。

実浩は否定もせず、雅人の視線から逃げるように、代弁者に身体を寄せた。

「だからもう、無理してあんたに話を合わせたりする必要もなくなったんだよ」

まっすぐに人を見ようとしない実浩と、雅人が知る実浩とのイメージが一つにならない。それとも、今まで知っていると思っていたことは、都合のいいイメージだったのだろうか。今度こそと思いながら、結局は見る目がなかったということなんだろうか。

話が終わったとみると、芳基は実浩の肩を抱いてこの場を立ち去ろうとする。一刻も早く、「前の男」の前から実浩を連れ出してしまいたいというような態度だった。

「実浩」

華奢《きゃしゃ》な背中が、びくりと震えた。

言いたいことは山のようにあるはずなのに、言葉がどうしても出てこない。振り返ることもないその後ろ姿を見つめているうちに、もうどんな言葉も意味がないのだろうと思い直した。

優しい言葉を掛けてやるほど人間は出来ていないし、辛辣《しんらつ》な言葉を投げつけるほど嫌な男にもなれない。

「……何でもない」

後は自分からこの場を立ち去るくらいしか、雅人の出来ることはなかった。

その場で背中を向けて、タクシーを拾う。駅に向かう実浩たちとは逆方向に車は走り出した。

ひどい喪失感《そうしつかん》に、どうしようもなく投げやりな気持ちになる。納得出来ないことはたくさんあって、いまだにあれが実浩の本心なのかと疑う気持ちもあったが、そんな未練がましい可能性に縋ろうとしている自分を認めたくもなかった。

実浩が金を受け取り、かつての友達にキスをさせていたのは事実だ。縋るように彼に身を寄せ、彼が代弁したことに何一つ否定をしなかった。

後ろめたさが強いのだろう。ああいう場面で平然としていられるほど実浩は悪くなれないし、恋人として過ごした数カ月のうちに、実浩が本気だったことは確かにあったはずだ。ただそれが、憧れの他に多少の打算を含んでいたり、心が変わったりしただけだ。そんなよくあることに、いちいち目くじらを立てても仕方がない。

実浩が今までの相手と違うという思い込みは、雅人が勝手にしただけであって、実浩が自分でそう言ったわけじゃない。だから、実浩を責めるのはお門違《かどちが》いだ。

シートに凭れて、窓の外を見つめる。

あっけない恋の終わりに、雅人の唇には自嘲《じちょう》の笑みがこぼれていた。

雅人が日本を発《た》ったと教えられたのは、十月も始めの、よく晴れた日だった。

携帯電話にメッセージが入っていて、竹中の声が淡々とそう告げたのだ。最後に雅人に会った日から、三カ月近くが経過していた。

この三カ月、会おうと思えば雅人に会えた。雅人はオーストラリアへ渡る準備をしながらも、もしかしたら実浩を待っていてくれるんじゃないかと、勝手な期待も抱いていた。

けれど結局、実浩は何も行動を起こさなかった。黙々と夏期講習へと通い、勉強三昧《ざんまい》の夏休みを終えて二学期を迎えた。何もかも忘れてしまいたくて吐きそうなほど勉強したせいか、最近よく顔色が悪いと友達に言われる。体重も落ちて、確かにあまり調子は良くない。

学校から誰もいない家へ帰ってきた実浩は、買ってきた緩衝剤《かんしょうざい》入りの封筒を手にしたまま、封緘《ふうかん》のためのテープを探した。

母親が出ていってから、確かに家の中の諍いはなくなったが、同時に父親も帰って来なくなった。泊めてくれる女性がいるらしく、もしかしたらそれが諍いの原因だったのかもしれないけれど、実浩にとっては今さらどうでもいいことだった。

両親の離婚はようやく決まり、実浩は近い将来、姓が変わることになった。母親についていくことを決め、彼女の旧姓を名乗ることになったからだ。

テープを見つけて部屋へ戻り、一番下の引き出しの奥から、白い封筒を引っ張り出した。それを開けもしないで、買ってきた大きな封筒の中へと入れる。

住所は雅人にもらった名刺を見ながら書いた。ただし宛名《あてな》は、有賀ではなく竹中の名前にしておいた。本当はいけないのだが、荷は現金ではなく書類ということにして、近くにあるコンビニまでそれを出しに行った。

少し緊張したものの、簡単に荷物は引き取ってもらえて、明日の午前中には竹中のもとへあの現金がそっくり返されることになった。

正直言って、ほっとした。最初からそのつもりではあったが、それで雅人への純粋な気持ちだけは全《まっと》う出来たような、そんな満足感があった。もちろん逃げ出した実浩にそんな資格などないのはわかっている。

店の外へ出ると、冷たくなってきた身体を熱気が包んだ。

(気持ち悪い……)

胃のあたりはムカムカしているけれど、心情的には悪くない。

帰って勉強をして、母親が帰ってくるための準備をしなくてはならない。あの家は、実浩と母親が住むことになり、父親は先の女性のところへそのまま居続けるつもりらしい。

家に入るために鍵を取り出し、思わずそのまま立ち尽くした。

キーホルダーには、もう使えなくなった鍵が付いたままになっている。雅人のマンションの合い鍵だ。

外して捨ててしまおうと、指を掛けた。

けれども指先は動かなかった。

もう何の役にも立たない、冷たいだけの金属だった。けれど、実浩のところに残った唯一《ゆいいつ》のものなのだ。二度と雅人へと繋がるものではないとわかっていても、外すことは出来なかった。

実浩は手のひらでぎゅっと鍵を握りしめ、その手を抱え込むようにしてその場に蹲《うずくま》る。がくがくと足が震えて、自分を支えていることも出来ない。

鍵を握りしめる手も震えて、それがいつまで経っても止まらなかった。

自分がこんなふうになるなんて、思ってもいなかった。

実浩にあるのは、変わらず雅人が好きだという想いと、記憶と、そしてこの合い鍵だけだ。他にはもう何もない。

だから、これを捨ててしまうことはどうしても出来なかった。

「家のこと、しなきゃ……。それで、勉強して……大学に入って……」

震える声で自分に言い聞かせる。

やらなくてはいけないことがたくさんあるのだ。

もうすぐ実浩は十八になる。誕生日を迎える頃には、北でなく矢野《やの》実浩になっていることだろう。

言われた買い物をすべて済ませ、実浩は最後に自分のものを買い込んでアルバイト先の事務所へと戻った。

ごうんと音がする古いエレベーターに乗って、マンションの一室でやっている事務所のドアをくぐる。入ってすぐに、申し訳程度のパーテーション。その奥に机が四つあり、壁はすべて棚で埋まって、さらにその棚が資料などで埋め尽くされている。

「おかえり。ご苦労さん」

実浩は社員の岩井《いわい》に、頼まれた本を領収書と一緒に渡した。

「バイトを私用に使うなって言ってるだろ」

社長の湯島《ゆしま》は呆れたように呟いているが、説教に本気の響きはなかった。他に社員は一人いるが、彼はちょうど出払っていて、今は実浩を含めて三人しかいない。

季節は何度も巡《めぐ》り、また夏が来た。

来年の春、実浩はこの小さな設計事務所に就職することになっている。大学四年になった春からアルバイトとして通い、すでに三カ月が経った。かつての志望校ではなく、一つランクが下の今の大学に入り、それなりの成績を修《おさ》めて奨学金《しょうがくきん》も受けている。

最初からの希望通り、工学部建築科でしたかった勉強をした。雅人にはああ言ったけれど、それ以外の道を選択するつもりは実浩にはなかった。むしろ、雅人とああいうことになったから、余計に建築士になろうという気持ちが強くなった。

個人宅や小規模マンションを主な仕事としている湯島設計事務所は、実浩の希望通りの就職先だと言えた。

「買う物があったんで、平気ですよ」

「何か、渋いもの読んでるね」

湯島は実浩が買ってきた雑誌を見て、感心した様子で呟いた。

手にしていたのは経済誌だった。

「違いますよ。今号、有賀雅人が取り上げられてるからですよ」

来年三十になるという岩井が、ぱたぱたと手を振った。

「ああ、そうか」

「矢野くん、有賀雅人のファンだからねぇ」

くすくすと笑われて、実浩は曖昧《あいまい》な苦笑《にがわら》いを浮かべながら自分の席に座った。

ここではそういうことになっているし、けっして間違いではなかった。実浩は昔も、そして今も雅人を尊敬しているし、彼の作品がとても好きだ。

先日、雅人は個人で大きな賞を取った。四年前に聞いたあの依頼が、輝かしい結果へと結びついたのだ。待ちきれずに書店で立ち読みした記事によれば、本当は別の建築士が手がけるはずだったのだが、オーナーとのトラブルが原因で、結局は雅人におはちが回ってきたようだ。たとえそれが、父である久郎の尽力《じんりょく》を無視できないものであったとしても、雅人がそのチャンスを手に入れて、見事に活《い》かしたことには変わりがない。

(良かった……)

笑顔でインタビューを受ける雅人の顔を、脳裏《のうり》に思い起こした。

四年前とは違う、もっと研《と》ぎ澄《す》まされた男の魅力を彼は身に着けたようだった。そして自信というオーラを身に纏った。

今まで、どれだけ注目されようとも、常に久郎の庇護《ひご》下にあるようなイメージだったが、この四年の間にそれも少しずつ薄らいできたようだった。

これで実浩がしたことも意味を持ったわけだ。雅人もきっと、あそこで別れて正解だったと納得しているだろう。雑誌で見た笑顔が、実浩にそう確信を抱かせた。

そして公《おおやけ》の場での写真に、いつも一緒に映っている日本人らしき女性の笑顔も。

雅人と並ぶと本当に絵になる美しい女性だった。年回りもちょうど良さそうで、知性と優しさを感じさせる理想的な人だ。

いつも一緒なのだから、恋人なのだろう。

当然のことだとわかっていても、彼女と笑っている姿を見ると胸が痛んだ。

「そういえば、帰国するんだってね」

「え?」

「有賀雅人。昨日、そんな話を聞いたよ」

「いいっすよねぇ。俺にもあんな才能と親がいたらなぁ……」

単なる世間話だ。ここでは、有賀雅人はそういう人物だった。

もちろん実浩は雅人のことなど、何も言ってはいない。ファンだというのも自分で言い出したことではなく、買ってくる雑誌を目敏《めざと》くチェックしていた岩井が、そうやって囃《はや》し立てているだけだ。ムキになって否定するのも不自然かと、いつも曖昧に流している。

（帰ってくるんだ……）

ざわざわと胸が騒いだ。

ここは小さな設計事務所で、有賀の事務所とは扱うものも、規模も違う。出身大学もあの親子とこちらの事務所関係者は違うし、接点はこれといってないはずだ。

それでも落ち着いてはいられなかった。実浩は今でも雅人に心を縛られている。むしろ別れてからのほうが、彼を好きだという気持ちが強くなった気がする。始まったときは曖昧だった好意が、別れた後ではっきり愛情だったと気が付いたのだ。

何もかも、遅かったけれど。

ふいにマナーモードにしている携帯電話が、小さく振動した。まだぎりぎり昼休みだから出ても構うまいと、電話を手に事務所を出た。

相手は芳基だった。どうやら約束の時間に遅れてしまうらしい。四年前に芝居を打ってもらったのをきっかけにして付き合いが戻り、今ではいい友達関係である。芳基には彼女もいて、昔のことは互いに忘れていた。

「いいよ。ああ、平気。本でも読んでるから。じゃ、また後で」

話している最中に、視界の中に綺麗な女性が現れた。電話を切ると、彼女はにやにやと笑いながら話し掛けてきた。

「さては矢野くん、デートの約束？」

トレース会社の営業だった。

「違いますよ」

「ふぅん。まぁ、学生最後の年なんだから、楽しく恋愛しておきなさいね」

「でも、恋愛って楽しいだけじゃないし……」

思わず溜め息まじりに呟き、ついぽろりと出てしまった本音に、慌てて実浩はフォローの言葉を探す。

目の前の美人が驚いた顔をしていた。

「まだ若いのに、どんな恋愛してきたのよ」

呆《あき》れたように尋ねられ、実浩は苦笑を浮かべた。下手《へた》に答えて興味を持たれるのは嫌だったから、ドアを開けて彼女を中へと促す。

これ以上の話を実浩が望んでいないのは察したようで、彼女はすんなり事務所に入ると、まっすぐ湯島のところへ行った。

質問の答えは、心の中でだけ呟く。

（大好きな人の手を、自分から振り払っちゃったんです）

今でも好きだと知ったら、きっとバカだと呆れられるだろう。けれど相手があの有賀雅人だと知ったら、逆に英断《えいだん》だったと誉《ほ》めてもらえるかもしれない。

実浩は雑誌をバッグにしまいながら、愛用のキーホルダーを摑み出した。

付けているのは、住んでいるアパートの鍵と母親の実家の鍵。そして、二度と使うことのない、マンションの合い鍵。

雅人のマンションはとっくに売りに出されて、知らない人間が住んでいる。鍵は付け替えられたはずだし、今はもうまったく意味のない鍵だった。

けれどもいまだに捨てられず、後生大事《ごしょうだいじ》にぶら下げているのだ。

鍵をバッグに戻して、仕事中だと自《みずか》らに言い聞かせる。それでも雅人へと向かう心を止めることは出来なかった。

少し大きめの声で名前を呼ばれ、実浩は、はっと我に返った。

目の前の友人のことをすっかり忘れて物思いに耽《ふけ》ってしまっていたらしい。いくぶん呆れ顔の友人に、思わず苦笑いで謝った。

「今日はやたらぼんやりしてんな。何かあったのか？」

心配そうに顔を覗き込んでくる芳基は、つい先日、旅行会社に就職が決まった。今日はそれを祝うための食事だった。実浩が数カ月前に、今のバイト先である設計事務所への就職が決まったときは、芳基がささやかに祝ってくれたお返しだ。

「ちょっとね」

「おまえのちょっとってのは当てになんないからなぁ」

「……ほんとに、ちょっとだよ。さっき事務所で、雅人さんが帰国するって話を聞いただけだし」

途端にすっと芳基の顔色が変わった。

雅人とは四年前に別れたきり、手紙も含めて一切のコンタクトを取っていなかった。ただ実浩が一方的に、ときどき専門誌でインタビューを受ける雅人の写真とコメントを見るだけだ。金も送り返したきり、二度と受け取らなかった。竹中から電話があったが、きっぱりと断った。

ただの自己満足だ。そうすることで、実浩の中でだけでも雅人への気持ちが汚れないで済むような気がした。

「会うつもりか？」

「まさか」

雅人を傷つけておいて、どんな顔をして会えと言うのだろう。だいたい向こうだって実浩の顔なんか見たくないに決まっている。

「もう関係ない人だよ」

今でも苦しいくらいに好きだけれど。

未練がましく、かつてもらった合い鍵を持ち続けているのは、すでに見苦しい域に達しているかもしれない。

「それに、向こうだってもう恋人がいるみたいだし」

「なら、いいけどさ……」

芳基は嘆息《たんそく》して、ひどく聞きにくそうに尋ねてきた。

「おまえ、恋人作んないの?」

「他の人、好きになる余地ないんだよ」

実浩の中にある恋愛のスペースは、全部雅人で埋まってしまっている。四年前からずっとそうで、不思議なことに日ごとにそれが大きくなっていく気がするのだ。昨日よりも今日のほうが雅人を好きで、きっと明日はもっと好きになっているのだろう。

恋人なんて作れるはずがなかった。

昼間、事務所に来た営業の女性にも、恋愛のことでからかわれた。実浩の年頃ではもっと積極的に恋をするべきだと思われているらしいが、とても実浩には無理だった。

「恋愛はもういいや……」

失うのが怖いという気持ちもあるけれど、もう出来ないんじゃないかという思いもあった。こんなに誰かを好きになるなんてことが二度もあるなんて実浩には信じられなかった。

「いいって……まだ二十一じゃんか。それに、付き合ってたのなんかほんのちょっとだったろ？」

「うん。結局四カ月くらいだったかな。あっという間だったね」

そんな軽口が言えるようになるまでに、何年もかかった。四カ月の間には、告白されていなかった頃も、会えなかった時間も含まれているから、本当はもっと短かったのだ。

あのとき、実浩がもっと大人だったら、また違う結果になっていたのかもしれないし、男同士である以上は同じことだったのかもしれない。どちらにしても確かめるすべはなく、今でも一度だけ会った有賀久郎の言葉をときどき思い出す。

実浩が女だったら認めただろうと言われた。実浩の人となり自体は、むしろ好ましく思っているのだと。

つまり、性別だけですべてが否定されたのだ。実浩の人間性や気持ちは、一切取り上げてもらえずに。

当然のことだとわかっていても、そこにはいつも虚《むな》しさが伴った。

何より、耐えきれずに逃げ出してしまったという自覚が、実浩に二の足を踏ませていた。

「俺は大丈夫だよ。とりあえずはさ、恋愛よりも、早く建築士として一人前にならないと」

とても雅人のような才能はないが、実浩なりの仕事をしていければいいと思う。かつて一緒に語ったような家を、いつか造れるようになるために。

心配そうに見つめてくる芳基の視線に気づきながらも、知らない振りをして実浩は食事を続け、明日もバイトがあるからと、少し早めに切り上げた。

芳基とは駅で別れ、一人暮らしのアパートへ戻る。

実浩は鍵を取り出して、一階の角部屋のドアを開けた。無駄に鍵がついたキーホルダーが、金属的な音を立てた。

ワンルームの学生用アパートとも、来年にはお別れだ。昔から使い続けているベッドと机、本棚とチェストで、残ったスペースはほとんどない。机の上にはパソコンがあり、その隣には、以前作った住宅模型が飾ってある。

机に手をついて、実浩はそれを見つめた。

そう大きなものではないが、家の中央が吹き抜けで、六畳《じょう》ほどの広さの中庭になっている。ウッドデッキのように板を敷き、中央は土が剥《む》き出しで、そこに木を植えた。中庭を囲むのはすべてガラスだ。家のどの部屋からも、その木が見えるようになっている。

四年前に、雅人と一緒にこんな家がいいと話していたことがあった。実現はとても難しいから、せめて模型を作ってみたのだ。

二人で住むには十分な広さだろう。大きめにとったリビングと、オープンキッチンから続くダイニング。仕事部屋は書庫と続きだ。バスルームの脱衣所はウォークスルータイプで、天井の窓からは空が見えるようにした。そして寝室は広めにして、壁に収納を作った。

誰に見せるものでもないからと、寝室には大きなベッドを一つだけ。

実浩が雅人の恋人だったとき、いつでも腕の中で目を覚ましていた。

とくん、と鼓動が速くなる。

ときおり、雅人に抱かれていたときのことを思い出すと、身体が熱くなって仕方がなくなる。熱を持てあまして、どうしていいかわからなくなることもある。

だが他の人間が欲しいとは思わなかった。セックスしたいのは雅人だけだ。身体の欲望を満たすためだけに、人の肌を求めようとは思わなかった。

洗面所で、顔を洗った。鏡に映る顔は、あまり四年前と変《か》わり映《ば》えしない。多少は大人っぽくなったと思うが、相変わらず童顔には違いなく、ついこの間も、新入生に間違えられたばかりだった。

両手で軽く頬を叩いて熱を振り払い、実浩は机に向かってパソコンを立ち上げた。

帰国して二週間は、毎日がとても慌《あわ》ただしかった。次から次へと人に会い、予定されていた仕事をこなし、先の準備をする。予想もしていなかった雑用も舞い込んできて、結局今日になってようやく友人とゆっくり食事をする時間が持てた。

落ち着いたらでいいと言われていたのも、後回しになった理由だった。

雅人が日本にいない間も、メールや電話でのやりとりはあったから、四年ぶりという感覚は薄かった。だいたい物心がつく前から一緒にいたのだから、四年くらいの時間は大したものではない。

「おかえり。受賞、おめでとう」

カチンとグラスが音を立てる。

以前もよく待ち合わせて飲んだ、ホテルの最上階ラウンジで、同じ歳の友人と向かい合った。四年という時間が嘘のように、絵里加はあまり変わっていない。違うのは髪型と化粧の仕方くらいだった。

「あのビル、良かったよ。うちの会社でも大評判。ま、うちの連中が認めるまでもなく世界的に認められちゃったもんね」

絵里加は図面のトレース会社の営業をしている。マンションの購入を検討している客に渡す小冊子《しょうさっし》を作っているのだ。

「本人は心残りがあるそうなんですよって言ったら、一斉に『どこにっ』っていう突っ込みが入った」

どこでも似たような反応だ。だから公の場では口にしないようにしている。

それは設計前の段階で、クライアントに却下《きゃっか》された案だった。ビルに中庭を作って、木を植えるという形に、オーナーが難色を示したからだ。

「それに、ますます『おうち』からは遠くなったもんねぇ」

「まぁな」

家を建てたいという個人を相手に、住みやすい家を造りたいという雅人の希望とは裏腹に、彼の前に伸びる道は、父親の久郎と似たようなものになっている。

有賀久郎の仕事といえば、美術館やスタジアムや庁舎、果ては某国の国際空港といった、桁外れのものばかりである。個人宅を設計したこともあったが、それはずいぶんと昔のことであり、今では知り合いでもない限りそれは有り得ない。

父親の思惑通りに、ことは進んでいるのだ。

四年前もそうだった。愛しくてたまらなかった大事な恋人に金を渡し、雅人の前から立ち去らせた。もちろんそこには相手の心変わりもあったし、打算もあったから、父親だけを責めるのは筋違いだ。また親が同性の恋人を認められないという感情も至極《しごく》当然のことだった。

だからといって、相手だけが悪いという気もない。摑まえておけなかったのは、雅人にも原因があったのだ。あるいは最初から見る目がなかったというだけのことだ。

「そういやおまえ、彼氏は？」

「あんたが知ってる奴とは、あれから一年くらいして別れた。で、その後のも終わって、今はちょっと狙《ねら》ってるとこ」

「頑張ってるな」

「当然。設計事務所の男なんだけどね。あ、そういえば、そこに可愛い子がいるんだ。バイトくんなんだけど、来年から正社員っていう子。それがまぁ、美少年なのよ。女の子みたいな顔でね」

絵里加の意図はわかっている。ストレートに名前を出さず、四年前の恋を連想させるようなキーワードを織り交ぜているのだ。その事務所に、本当にそんなバイトがいるのかさえ怪《あや》しかった。話のきっかけにするための創作という線だって有り得る。

「まだ引きずってんの？　向こうでどうだったのよ。彼女、いないの？」

「友達なら、何人か。パーティーに付き合ってくれる相手とかな」

「あ、そう。結構、執念《しゅうねん》深いんだ。振られて四年経っても立ち直れないの？　まったくどいつもこいつも……」

溜め息まじりの絵里加の言葉に、雅人はふと興味を抱いた。今のは他にもそういう人間がいるという意味だ。

「そういう彼氏だったのか？」

「違うの。さっき言った、バイトくん。きっつい恋愛したことあるみたいで、何かもう諦めきっちゃったような雰囲気なんだよねぇ。まだ若いし、ほんとに可愛いのに……」

もったいない、と呟いてから、絵里加はふと顔を上げた。それから指を折って、四まで数えてかすかに眉根を寄せた。

「確か、北くんて言ったよね？　ミヒロだっけ？」

四年ぶりにその名前を聞いた。雅人自身は一日たりとも忘れたことのない名前だったが、今まで周囲はその名前を故意《こい》に避けてきた節《ふし》があったのだ。もっとも知っている人間は数が限られている。父親とその秘書と、ここにいる絵里加だけだ。

「よく覚えてるな」

会ったことはないはずだし、名前だってそう頻繁《ひんぱん》に出していたわけでもなかったはずだ。

「だって、逆だもの」

四年前と同じことを言う。自分が南だから、北は真反対だと。確かにそれはなかなか忘れられないだろう。

「やっぱ違うかー。これで北っていう名字だったら、ビンゴだったのに」

「何がだよ」

「だって歳も同じだし、可愛い男の子で、建築関係にいるし。絶対に雅人の好みのタイプだよ。良かったら紹介しようか？　すっごいいい子だよ？　あんたと違って私は見る目あるから」

「いい」

別に男の恋人が欲しいわけじゃないのだ。そもそも最初は女の子と思いこんでいいなと思ったわけだし、実浩以外の同性を抱きたいとは思わない。

否、同性どころか、抱きたいと思う相手なんて他にいない。この四年、セックスをしなかったわけじゃないが、抱きたいと思った相手はいなかった。執念深いと言われれば、まったくその通りで返す言葉もない。

「それにおまえの言ってることには穴があるぞ。来年卒業だからって年が一緒とは限らないだろ。浪人してるかもしれないし、留年してるかもしれない。だいたい実浩が建築関係にいるはずがないだろ。興味なくしてメリットもなくなったからって捨てられたんだからな」

「そうだけど……。だから、北くんのことはもう忘れてだね、新しい恋に生きなさいって言うの」

「そのうちな」

「って、いつよ」

呆れて溜め息をつきながらも、絵里加はもう何も言わなかった。とりあえず様子を窺《うかが》ってみただけで、深く突っ込む気は最初からなかったらしい。

「それで、おじさまの具合どう?」

久郎が入院していることは彼女も知っている。一度見舞いにも行ったそうだが、今はそれほど付き合いがあるわけでもないし、実家も出ているので、詳しいことは把握していないようだった。

雅人は嘆息して、言った。

「あんまり良くないな。夏を越せるかどうかってところらしい」

「そうなの……」

絵里加も珍しく深刻な顔をして溜め息をついた。小さな頃は、互いの家へよく遊びに行っていたので、その頃のことでも思い出しているのかもしれない。

「ちゃんと孝行しなさいよ」

「わかってるよ。してるだろ」

だからおとなしく父親の望む道を進んでいるのだ。個人で賞を取ったことを一番喜んでいるのは、間違いなく父親だろう。帰国したのも、父親のことが理由の一つだった。

孝行息子でいる自信はある。本当にしたいことさえしなければ、いくらだって可能だった。

自嘲気味に歪《ゆが》めた口元は、グラスに隠れて見られることはなかった。


雨が降ったから送っていけと、絵里加はよくわからない理屈をこねて、拾ったタクシーに雅人を押し込めた。

現在、雅人はホテル暮らしである。住むところが決まるまでの仮住まいだが、一人暮らしの絵里加のマンションがその途中に位置しているのである。途中といってもかなり外れているので、タクシーは相当な迂回《うかい》をした。

「あ、ここでいいわ」

いいわ……と言いながら、マンションの正面に車を止めた。こういうところで遠慮をしないのは相変わらずのようだった。

気をつけろと言う気にもなれない。

「またな」

その姿がエントランスの中へ消えると、タクシーはゆっくり動き出した。

「――ホテルでいいんですよね」

「そう」

この時間なら十分程度で着くことだろう。

雨の中をタクシーは幾分飛ばし気味に走った。裏道をよく知っている運転手らしく、大きな通りはあまり通らない。

やがて信号で止まったとき、町並みに覚えがあることに気がついた。町名を探し、やはりと溜め息をつく。

実浩の家がある場所だ。住所の数字もそうかけ離れていない。何度か近くまで送ってきたことがあったから、覚えがあるのは当然だった。

「……すみません。ちょっと次の信号を左に曲がってください」

「はい？」

「このあたりに昔の知り合いがいたと思うんで、見つかったらと思って……。うろ覚えなんで、自信はないんだけどね」

苦笑を浮かべながら言うと、運転手は納得した様子で頷いて次の信号を左折した。

実際に家の前まで行って何かしようとは思っていなかった。だが近くにいると知って、このまま通り過ぎることも出来なかったのだ。

会ってどうなるものではない。実浩の心はもう雅人のところにないのだし、互いに不愉快な思いをするだけだ。実浩はああいう別れ方をした雅人に会って、平然と笑えるような人間じゃないし、またそうであって欲しいとも思っている。

「確か……次を右だったかな」

運転手は言われた通りにすると、ゆっくりと車を進めた。

確実に実浩の家が近づいてくる。かつて実浩はけっして雅人を親と引き合わせようとしなかったから、少し離れたところで下ろし、家の中へ消えていくまで見送るばかりだった。

覚えのある家の前を通ったとき、雅人は思わず目を瞠《みは》った。

「ちょっ……ストップ……！」

「ここですか？」

少し通り過ぎて止まったが、表札は見えている。まったく知らない姓がそこには記されていた。よくある名前だったが、間違いなく実浩の姓の〈北〉ではなかった。

（引っ越したのか……？）

家は間違いなく同じだが、住んでいる人間だけが違うということらしい。実浩の部屋だったところには、女の子がいるのかピンクのカーテンが見えた。かつてはそこに、淡いグリーンのカーテンがあったはずだった。

「いや……違うみたいです。ホテルに行ってくれますか」

雅人がそう言うと、運転手は返事だけをしてその場から離れた。余計なことを言わない男で良かったと思う。

バカなことをしたものだ。間違っても絵里加には言えない。言えば女々《めめ》しいと呆れられるのが関《せき》の山《やま》である。

要するに、もう断ち切れということなのだ。

わかっている。だがそれが出来るなら、最初から家の前へ行ったりはしなかっただろう。

雅人はふっと溜め息をつく。明日からはまたしばらくスケジュールが詰まっているから、きっと溜め息をつく暇もない。

それは今の雅人にとって、歓迎すべきことだった。

実浩がそのことを知ったのは、八月の頭の、ひどく暑い日だった。午前中から三〇度を超えていた日で、昼を回ってさらに気温は高くなっていた。

午後からのアルバイトのために、実浩は一時の少し前に事務所に入った。

今は社長を含めて三人しかいない社員の一人である岩井が、実浩の顔を見て「おす」と挨拶《あいさつ》をしてくる。パソコンに向かって何やら作業をしているが、仕事ではなさそうだった。他に誰もいないのをいいことにサボっているのかと思ったら、そうではなかった。

「矢野くんの入社を機会に、名刺を新しくしようって社長が言うんだよ。で、どれがいいと思う？」

「何でもいいですよ」

「そんなこと言わずに、ほら、見て見て。君の名前で何パターンかやってあげるから」

岩井は実浩のフルネームを入れて、五種類くらいのデザインを実際に打ち出してくれた。横だったり縦《たて》だったり、カラフルだったりシンプルだったりと、様々なパターンがあった。

「ちなみに社長はこれがいいって」

「俺もこれがいいです」

シンプルな二色使いの横書き名刺が、実浩も一番気に入った。だが岩井は不満そうだ。もっと凝《こ》りに凝ったパターンを推奨《すいしょう》して欲しかったようである。

「やっぱこれか……。うーん、紙を何か変わったやつにしてもらうか」

「こんなことしてていいんですか、今日は午後から南さん来るんでしょう？」

「あ、そうそう。来るって言えば、君が来たら言わなきゃと思ってたんだよ。確か新聞取ってないんだよね?」

「はい」

「これこれ」

岩井は折り畳んだ新聞をさっと差し出してきた。

「有賀久郎、亡くなっちゃったよ」

「は……?」

何のことか、とっさに理解できなかった。遅れて新聞の文字が、死去という言葉を実浩に伝えてきた。

「君の大好きな有賀雅人のパパじゃん。癌《がん》で入院してたんだってよ。帰国したのも、そのせいじゃないかって話だよ」

「……そう、なんですか……」

実浩はほうけて返事をし、茫然《ぼうぜん》としながら自分にあてがわれた席に着いた。

記事には久郎の略歴と偉大な業績、病気に関すること、そして葬儀の日時と場所が記されていた。喪主《もしゅ》は長男だが、三男である雅人のことも先日の受賞のことまでがちらりと書いてあった。

この事務所の人間たちは、実浩が個人的に雅人と関わりがあったことを知らない。大好きな……とからかってくるのも、雅人の記事やインタビューが載った雑誌を実浩がいくつも買っていたので、それを言っているにすぎない。

もちろん、実浩がかつて一度だけ有賀久郎に会ったことも知らなかった。彼の築いてきたものは、輝かしいという言葉では生やさしく、まさに別世界の人間だった。そんな人物が、雅人を別れさせるためだけに実浩と会ったのだ。

亡くなったなんて、実感が湧《わ》かない。一度でも言葉を交わした人がもうこの世にいないという経験は、実浩にとって初めてだった。幸《さいわ》いと言おうか、近しい人を亡くしたことが今までなかったのである。

(そっか……亡くなったんだ……)

実浩にとっては微妙な感覚だった。岩井たちのようにニュースとして見ることはできないが、悲しみが湧いてくるわけでもない。

本人とはほとんど関わりがないけれども、実浩の人生にはとても大きく影響した人間なのだ。たとえば久郎が、四年前にすでに亡くなっていたとしたら、実浩は雅人と別れることもなかったのだろうか。

ふとそんなことを考えて、すぐにそれを頭の中から追い払った。

考えるだけ無駄なことだった。

「何、有賀久郎も好きだったの?」

「いえ……っ、そういうわけじゃ……」

慌てて否定していると、ドアのノックが聞こえてきた。呼び鈴《りん》があるのに忙《せわ》しなく叩くその癖《くせ》で、訪問者が誰かわかってしまう。

すぐに扉は開いた。

「こんにちは。暑いですねぇ」

そう言いながらも涼しそうな顔をして入ってきたのは、トレース会社の営業をしている南絵里加だった。今日は珍しく、半袖の黒いスーツ姿である。明るい色を好む彼女にしては珍しいことだった。

「今日はどうしたんですか」

岩井が目を丸くして、それでも見とれるようにして絵里加を見つめている。岩井が絵里加に憧れているのは、横で見ていればわかることだが、あまりに隙のない美人なので気後《きおく》れしてしまっているようだ。もっとも絵里加のほうも岩井狙いでタイミングを計っているらしいから、そのうちに纏《まと》まるだろうとは思っている。

「夕方から知り合いのお通夜《つや》なんですよ。幼なじみのお父さんが亡くなっちゃって。直行するから、着てるんです」

「へぇ、こんな日に大変ですね。そういや、あれですよね。有賀久郎も亡くなっちゃって、お通夜が今日で、告別式《こくべつしき》が明日だって書いてあったなぁ」

「そうですね」

絵里加は大きく頷いた。新聞にも載っていたことだし、もちろん知っているという感じだった。

何気なく流していた彼女の視線が、岩井の机の上で止まる。

「名刺ですか……？」

「あ、そうなんですよ。来年から変えますんで、出来たらお渡しします」

「……これ、矢野くんの名前？」

プリントした紙を、綺麗な指先が持ち上げる。まじまじと名刺のパターンを見つめる絵里加の目は、やけに真剣だった。

「そうです」

「何て読むの？」

「みひろ、です」

絵里加の唇がかすかに動いて、「みひろ」という形を作り、それからにっこりと微笑んだ。

「可愛い名前ね。矢野くんて、現役で大学入ったんだっけ？　ストレートで卒業？」

「はぁ、一応」

「そっか。いいわね、ピチピチで。もう私なんかトウが立ちまくっちゃって。ねぇ？」

絵里加は笑顔のまま、今度は岩井に向き直った。

「そんなことないっすよ。南さん、綺麗だし、全然もう……」

「ＯＫ？」

「もちろん……！」

「良かった。とりあえず、お仕事の話をしちゃいましょうか。天井の高さが変更になったってことでしたけど……」

「あ、そうなんですよ。デベロッパーのほうから最上階だけはってことで……」

岩井は仕事の話を始めながら、ドアを開け放したままの別室に入っていく。部屋には大きな机が一つあり、壁という壁は資料棚で見えなくなっていた。冷房がないので、開けたままにしておくのだ。

ちらりと見れば、岩井はデレデレと鼻の下を伸ばして話をしている。

冷たいお茶でもと思ったが、かえって邪魔をすることになるかもしれないので、話が済む頃でいいだろうと思い直した。

（上手くいくといいけど……）

お互い気があるようだから、付き合い始めることは難しくないだろうけれど、それをずっと続けていけるかどうかはまた別だ。他人《ひと》ごとながら心配になってしまう。

嬉しそうな岩井を見ていると、つい応援もしたくなり、同時に羨《うらや》ましいと思う。

実浩は新しい恋が出来ない。あのときの恋はまだ実浩の中で終わってはいなくて、だから新しい恋を始めることも出来ないのだ。

窓の外を見つめて、照りつける太陽に眉をひそめた。

せめて夕方までに、少しは涼しくなればと思う。

この暑さは、この時期涼しいオーストラリアから帰国した雅人の身体に堪《こた》えるだろうから。

物思いに耽《ふけ》っていた実浩は、絵里加の視線がさり気なく何度も送られてきていたことに、まったく気がつかなかった。

父親の死からずっと続いていた慌ただしさが落ち着いた頃、一本の電話が雅人の携帯に掛かってきた。

絵里加だった。

暦《こよみ》の上ではとっくに夏が終わり、学生たちが長い休みを終えようという頃だった。

「どうした？」

『たぶん実浩くんの消息を摑んだと思うんだけど、聞いてみたい？』

雅人は言葉を失って、そのままホテルの壁を睨《にら》むように見つめた。

冗談や揶揄《やゆ》でこんなことを言ってくる人間でないことはわかっていた。

「……どういうことだ？」

『最後まで聞くなら話す。けど、嫌なら何も言わない。どっち？』

「言ってくれ」

少しも迷いはしなかった。聞いてどうするかは具体的に考えていないが、とにかく実浩がどこで何をしているのかを知りたかった。

たとえば興信所を使えば簡単にわかったことだろう。だが雅人はそれをしないできた。それは、もしまだどこかに縁《えん》というものが残っているならば、必ずどこかに引っ掛かってくるはずだと信じて疑わなかったからだ。

まさに今、それがきたのだと思った。

『私が仕事で行ってる設計事務所に、可愛いバイトくんがいるって言ったでしょ。あの子、実浩くんて名前なのよ。果実の実に、さんずいに告白の告を書く、実浩。年もストレートだから、同じ』

「……確か姓が違うんだろ？」

『そう、矢野っていうの。ちょっとずつ聞き出したんだけど、ご両親が離婚してるんだって。で、お父さんはすぐ再婚しちゃって、住んでた家はもう手放しちゃったみたい。だったら姓が違っててもおかしくないでしょ？　さすがに前の姓を聞いたら不自然だから聞いてないけど』

「大学は、建築科なのか？」

『そうよ。ずっと建築士になりたくて、今はM大で奨学金受けてるんだって』

「……そうか……」

『見た目の特徴も合ってるわけよ。ほんとに可愛いんだから！』

絵里加の力説も、すでに雅人の中を素通りしていった。

おそらく実浩に間違いはないだろう。まだ確証を得たわけじゃないのに、雅人の中でそれは揺るぎないものになっていた。だが一方で、解《げ》せない部分もあった。

興味を失ったはずの建築業界に、どうして彼がいるのか。しかもずっと建築士になりたかったと言っている。

『ちょっと聞いてんの？　しかも、あんたのファン』

「は……？」

『と、岩井くんが言ってる。あんたの記事が載ったら絶対その雑誌買ってくるんだって。本人は、作品がいいからって言ってたけどね。そのあたりもちょっと挙動不審かな。あんたの話をされるのは苦手みたい』

どうだ、と言わんばかりの口調だった。雅人に対する反応も、彼女にとっては動かぬ証拠であるらしい。

「……知り合いだって言ったか？」

『まさか。そんなことして逃げられちゃったら大変じゃない。だいたい、そういうの好きじゃないの。会社の人は知ってるけど、私が嫌がるから外には言わないでくれてるし。おじさまのお通夜のときだって、その事務所では知り合いのお通夜で通した』

上出来だった。彼女の言う通り、知り合いだと知ったら実浩は本当に消えてしまうかもしれない。その可能性は否定できなかった。だとすれば、ここは下手に事前連絡などしないほうがいいだろう。

「わかった。事務所の名前を教えてくれ。あ、おまえのほうはバレてもいいのか？」

『別にいいけど。自分から言うつもりがないだけで、隠したいわけでもないし。あ、ただし、付き合ってる相手はいるみたい。遠距離恋愛してるみたいだけど』

「……そうか。とにかく、確かめてみる」

雅人は名前と住所を聞いて、それをメモした。場所は横浜《よこはま》で、普通に生活していたら雅人と会うことはないだろう界隈《かいわい》だった。

毎日アルバイトに行っているわけでもないので、確実に来る日を狙って行くのが得策だろう。

付き合っている相手がいるらしいと聞いても驚きはなかった。そもそも別れ際に、他の男とのキスシーンまで見せつけられたのだ。今さらだった。

確かめたいことがいくつもある。

会ってみて、自分の気持ちごと確かめてみたかった。


社長は今日も、現場へ飛んでいて不在だ。現場は東京都の東のほうで、事務所のある場所からだと、距離的にかなり遠いのだが、現場管理やら消防の検査やらで、何度も足を運ばなくてはいけない。

社長は事務所にいないことのほうが多く、同時に次の設計も進んでいた。

「よっしゃ、これでどうだ！」

岩井はパソコンの前でそう叫び、手のひらで机を叩いた。

大手デベロッパーである東陽地所《とうようちしょ》からの指示通りに、何度目かの設計変更が何とか終わったらしい。

最近、岩井がかなりハイテンションだ。どうやら絵里加と付き合い出したらしく、いちいち動作が大きいし、もともと陽気な男だったが、やたらと機嫌がいい。

わかりやすい岩井は、仕事の後でデートがあるらしい。朝からのそわそわした様子で、言われなくても実浩はわかってしまった。

「良かったですね。デートに遅刻しないで済みますか？」

別室にいるもう一人の社員には聞こえないように、そっと声を掛けた。すると岩井はぎょっとした顔をして、それから赤くなって慌てて周囲を見回した。

「ど……どうしてわかんの？」

「わかりやすいですもん」

「マジ？」

岩井はわざとしかめっ面《つら》を作り、それから手のひらで自分の顔を軽く叩いた。バレていると思っていなかったらしいが、本当は社長ともう一人の社員も変化には気づいていた。ただそれの相手が、絵里加だと思っていないだけである。

実浩よりずいぶん年上の割に、岩井は可愛いところがあった。

こほんと咳《せき》払いをして、年上の威厳を作り上げると、岩井は小声で言った。

「どこまで知ってんの？」

「南さんてことくらいですけど」

「全部じゃん」

岩井は大きな溜め息をついた。

「あ、でも社長たちには言ってないですよ」

「そっか……。うん、助かる。別に悪いことしてるわけじゃないんだけどさ、何か釣り合わないって思われるの嫌なんだよな」

「そんなことないですって。お似合いですよ。いいなあ、って思いますもん」

気休めではなく、それは実浩の本心だった。確かに絵里加はもの凄い美人だが、岩井が釣り合わないなんてことは絶対にないのだ。

「それに南さんて、前から岩井さんのこと気にしてましたよ。だから、早くくっつかないかなって、ずっと思ってたんです」

「マジで?」

岩井の顔がパアッと明るくなる。

たぶん実浩もあの頃、誰かに何かを言って欲しかったのかもしれない。自分たちの関係を認めて応援してくれる人が、一人でもいいから欲しかった。男同士なのだから、それを望むのは贅沢《ぜいたく》だったのだろうけれど。

「何か、矢野くんてさぁ……」

「はい?」

「いや……うん、何て言うか……若いのに落ち着いてるよなぁ。昔からそんな落ち着いてたの？」

「そんなことないですよ」

実浩は苦笑いをした。

四年前から、ずっとブルーになっているだけの話だ。終わった恋を引きずって、足がどんどん重くなって、はしゃぐ気分にもなれないのだ。

「帰ろ。すみませーん、今日はちょっとお先に」

岩井は別室の社員に声を掛けて、帰り支度《じたく》を始めた。社長は現場の帰りに用事があるとかで、待つ必要はないと言われている。実浩もちょうど時間なので、同じように帰り支度を始めた。もう一人の社員だけは、少しだけ残業をしていくと言っていた。

「じゃ、失礼します」

暗くなり始めた中を、岩井と連れ立って退社した。

マンションの他の部屋には、普通に住んでいる人もいたが、法人《ほうじん》もそこそこ入っている。けっして高級ではないマンションであり、事務所が扱っている物件も、設備こそ新しいがクラスとしては同じようなものだった。

エレベーターでエントランスフロアへ降り、建物の外へ出た。

外はまだ昼間の熱が残っていて、空気が肌にまとわりつくようだった。

マンションの前は、片側だけ歩道がある数メートルの一方通行だ。

駅に向かって二人で歩き、十メートルも歩かないうちに、岩井の表情が明るくなった。前方に絵里加の姿を見つけ、驚きと喜びが一緒になった顔を見せた。

「どうしたの！」

「ちょっとね。幼なじみが、ここに用事があるって言うんで送ってもらったの」

「幼なじみ？」

怪訝《けげん》そうな顔をして岩井が絵里加を見つめると、彼女は岩井の腕にするりと抱きつき、実浩に向かってにっこりと笑った。

「君に用事だって」

「え……？」

実浩の後ろのほうで、車のドアが開く音がする。たった今、通り過ぎたばかりの車だった。

「あーっ！」

岩井が驚愕《きょうがく》の声を上げ、実浩の後方に向かって指を差した。

振り返った実浩は、大きく目を瞠り、声もなくその場に立ち尽くした。

「有賀雅人！」

「生まれた頃からの知り合いなの。ごめんね、隠してたわけじゃないんだけど、わざわざ言うことでもないと思って」

「ええっ！」

岩井は雅人と絵里加の顔を見比べ、言葉もなく唖然《あぜん》としていた。

実浩は何を思うより先に、雅人から逃げようと駆け出していた。

「だめっ！」

狭い歩道は、絵里加と岩井が塞《ふさ》ぐ形になっている。だからわざわざ前方に位置するように立ち止まったのだと知ったとき、実浩はガードレールを乗り越えることを考えた。

「実浩！」

だが名前を呼ばれて、腕を掴まれる。

びくりと全身が竦《すく》み上がった。

掴まれた場所から力が抜けていくのがわかり、実浩は逃げることを諦めた。

怖くて顔が上げられない。一瞬だけ見た雅人はほとんど無表情で、腕を掴む手も痛いくらいの力が込められている。

足がガタガタと震えて仕方なかった。

真っ青な顔をしている実浩を茫然と見つめる岩井は、ちらりと雅人の顔を見やり、最後に救いを求めるように絵里加に言った。

「ど……どういうこと……？」

「まぁまぁ、後で何となく説明するから、とにかく行きましょ。あ、明日は確か大学ないのよね。バイトも休みだし、ごゆっくり」

絵里加は岩井をぐいぐいと引っ張って、駅のほうへと歩いていってしまった。何度も振り返る岩井の姿も、すぐに角を曲がって見えなくなる。

「は……放してください……」

やっとのことで声にした。出会ったときのように他人行儀になってしまうのは無意識のことだったが、雅人は目を眇めて実浩を見つめていた。

「逃げないか？」

「……逃げません」

この場を逃れたところで意味はないのだと、少しは冷静さの戻った頭がそう判断を下していた。さっきは半ばパニックを起こし、自分のしていることをコントロール出来なかったのだ。

「話がある。付き合ってくれ」

車に促され、返事の代わりに実浩は後部シートに座った。以前はよく助手席に乗って家まで送ってもらったが、今の自分は後部シートに乗るべきだろうと思った。

車は四年前と同じだった。オーストラリアへ行っている間は、誰かに預けていたのかもしれない。

車に揺られている間、互いに口は利かなかった。

行き先を告げることなく、雅人はホテルの駐車場に車を入れた。

連れられるまま、ホテル内のダイニングバーへ入って、テーブルを挟んだ。

「もう、二十一なんだな」

「はい」

「飲めるんだろ？」

「少し」

強いというほどではないが、特別弱いというわけでもない。もっとも少量しか飲んだことがないから、自分の限界は知らなかった。

注文したオードブルとアルコールが届き、人が近くに寄らなくなると、雅人はじっと実浩の顔を見つめてきた。

視線を合わせられなかった。雅人の顔を見るのは、やはりとても怖かった。

「あ……あの、今さらかもしれませんけど、ご愁傷様《しゅうしょうさま》でした」

実浩は静かに頭を下げた。

「ああ……。まぁ、前からわかっていたことだったからね。そうか……一度、会ったことがあるんだったな」

「……はい」

「親父の通夜の日に、絵里加は実浩のことに気づいたそうだ。あいつとはお互いの実家が向かい合わせでね」

「南さんは、俺のこと知ってたんですか？」

「名前と年だけな。もちろん、北実浩のほうだ。頼みもしないのに、いろいろと調べてくれたらしくてね」

苦笑を含んだ声だった。

実浩はぎゅっと手を握りしめる。本当は実浩のことなんか知りたくなかったのだろう。絵里加が何かお膳立《ぜんだ》てをして、何かを確認する意味もあってこうして仕方なく会いにきたのかもしれない。

道理で最近、やけに絵里加からいろいろなことを聞かれたわけだ。まさか、出入りの営業が雅人と繋《つな》がっていたなんて思いもしなかった。

実浩は手元を見つめたまま、雅人の次の言葉を待った。

自分から話すことは何もない。言える立場じゃないと思っていた。罵《ののし》られて、殴られたって、文句は言えないのだ。

けれども雅人から怒気《どき》は感じない。どうしてわざわざ自分に会いにきたのか、それが知りたくてたまらなかったが、自分から言い出すことは気が引けた。

「結局、建築に進んだんだな」

「……はい」

「興味がなくなったんじゃなかったのか?」

「また気が変わったんです」

それ以外にどう言いようがあるだろうか。疑問に思うのはわかっていたから、車でここまでくる間に何か納得のいく説明をと考えたが、やはりどうしても出てこなかった。

簡単に気が変わるのだと、そう言うしかなかった。

「他に、理系で適当な方向がなくて……」

実浩は淡々と、抑揚のない声で答えた。

故意に感情を抑えないと、何か変なことを口走ってしまいそうだった。

「そうか」

納得してくれたのかそうでないのか、摑めない。以前より、雅人は表情が乏《とぼ》しくなった気がする。それとも心が離れてしまったから、実浩にわかりにくくなっただけなんだろうか。

間がもたなくて、実浩はトムコリンズのグラスに手を伸ばした。

「ご両親が離婚されたんだって？」

「あ、はい」

「いつ？」

「もう何年も前です。しばらくは前の家に母と住んでたんですけど、俺が大学に入ったときに処分しちゃって……今は一人暮らしです」

離婚はちょうど四年前の、雅人と別れて間もなくのことだったが、口にするのはやめにした。父親はもう別の家庭を作ったし、母親も近いうちに再婚すると知らせてきた。

「良さそうな職場みたいだな」

「はい」

「大学の奨学金を受けてるそうだが、それだけ優秀だったら、大手の建設会社にも入れるんじゃないのか？」

穏やかに、雅人は鋭いところを突いてきた。

確かにその通りだった。そう勧められもしたし、今の事務所に決めたときには、教授は溜め息をつき、友人たちには呆れられた。わざわざ小さな事務所を選んだ理由は、クライアントと向かい合って、彼らの理想に少しでも近い家を造りたいと思ったからだ。

甘いのかもしれない。けれども、実浩にはそれしか出来なかった。

雅人とかつて語り合ったことを、どうしてもしたかったのだ。

だがそれを雅人に言うことは出来なかった。きっとそれも尋ねられるだろうと、答えは車の中で用意していた。

「大きなところは、性格的に向かないと思ったんです。それだけです」

「そうか……」

それきり雅人は黙り込み、必然的に会話というものがなくなった。

沈黙がつらくて、グラスはあっという間に空になる。雅人がウェイターを呼び、同じものでいいかと尋ねてきた。

顔も見ないで実浩は頷く。

以前は沈黙さえも心地好かったのに、今はまるで責められているように感じる。

雅人は近況を聞くだけで、昔のことに触れようとはしない。

早く雅人の前から逃げ出したいと思い、同時にずっといたいと思った。どちらにしても、実浩は自分からこの場を終わりにすることができなかった。

明日はバイトも大学もないことを、絵里加の下調べで知られてしまっているから理由にも出来ない。ほとんど何も口にしないで飲んでいたせいか、酔いが早く回っていた。

酔って妙なことを口走らないように、理性は保っておかなければいけない。

「……か？」

「え？」

聞きそびれてとっさに顔を上げ、初めて実浩はまともに雅人と視線を合わせた。再会したマンションを出た直後に、一瞬だけ顔を見て、後はもう俯《うつむ》いてばかりだったのだ。

慌てて実浩は目を逸らした。

「遠距離恋愛中なんだって？」

「え……あ、はい……」

突然の話題に驚いたが、確かそれも絵里加に話したことだった。

職場ではそういうことになっている。付き合っている相手がいるほうが、うるさくされずに便利だから、大学でもずっとそういうことにしてあった。合コンや女性の紹介を避けるのに、それが一番手っ取り早かったからだ。遠くにいると言えば、デートをしていないのも納得してくれるし、実浩の好きな相手――雅人が海外にいたのは事実だった。

今は、目の前にいるけれど。

「あのときの友達か……？」

「いえ……芳基は、今は彼女もいますから」

「そうか」

雅人はそれ以上の追及をしてこなかった。相手になど興味はないのだろう。すぐに話は別のところへ飛んだ。

「卒業制作は進んでるのか？」

「え……あ、はい。何とか」

「緊張してるのか？　さっきから、ほとんど喋《しゃべ》らないな」

「すみません」

「謝ることじゃないだろ。俺が質問してばかりだしな。まぁ、今さら聞きたいことなんかないか」

自嘲気味の言葉に実浩は戸惑う。

聞きたいことはあった。いつまで日本にいるのか、今はどこで暮らしているのか、そして公の場での写真に、いつも一緒に映っている美しい女性は恋人なのか。

けれども、どれも実浩が知ることではない気がした。下手に恋人のことを聞いたら、未練があると思われるかもしれないし、居場所を聞いたら興味があると思われてしまうかもしれない。

余計なことにばかり考えが向かい、一つ一つ質問を消していったら、残ったのはたった一つだった。

「話って……なんですか?」

雅人の目的が知りたかった。建築へ進んだ理由にしても、両親の離婚にしても、絵里加を通じて情報を手に入れればいいことで、わざわざ直接会う必要はない。雅人にとって、実浩は四年前に自分を捨てた相手なのだし、あえて不愉快な思いをすることはないはずだ。

あるいはもう、雅人にとってあれは過去のことなんだろうか。子供相手の短い恋など、今となってはどうでもいいことなのだろうか。

雅人からの返事はなかった。

ただじっと、実浩の顔を見つめるだけだ。

「言いたいことがあるなら言ってください」

「さっさと済ませて、解放して欲しい?」

シニカルなこんな言い方は、以前の雅人はけっしてしなかった。

実浩は黙って、次の言葉を待った。肯定も否定も出来なかった。

「まぁ、そうだよな。捨てた男と、楽しく飲めるはずもないか」

「雅……」

名前を呼びかけて、慌てて口を噤《つぐ》んだ。当たり前のようにそう呼ぼうとして、それは馴《な》れ馴《な》れしいんじゃないかと思いとどまった。雅人は以前と同じように呼ぶが、ここで実浩までそうしてしまったら、けじめがなくなってしまう気がした。

雅人は嘆息して言った。

「自分でも、よくわからないんだよ。話はしたかった。でも、何を言いたいのか、具体的な言葉が出てこない」

「……もう会わないほうがいいと思います」

会いたいくせに、実浩の口はそんなことを平然と言う。

「もう忘れたいか?」

「有賀さんは、自分を捨てた相手と会って楽しいんですか?」

「そこまで自虐的《じぎゃく》じゃない」

「だったら、これっきりにしてください。あのときの恨《うら》み言でも何でも聞きます。殴りたいなら、どうぞ殴ってください。有賀さんの気の済むようにしていいから、こういうのはもう今日だけにしましょう」

心を固めて雅人を見据えるが、いつまで経っても返事はもらえなかった。肯定の印《しるし》なのか、あるいは逆なのか、雅人の態度からは読み取ることが出来ない。

「出ようか」

雅人は何も言わずにゆっくりと立ち上がった。

実浩は黙ってついて行きながら、バッグの中から財布を取り出した。こういう場所には来たことがないから、どのくらい払えばいいのかわからない。黙って雅人の後ろで支払いが済まされていくのを見ながら、その半額くらいの金を取り出した。

思えば付き合っていた頃、実浩は自分の財布を開けたことがなかった。社会人と学生なんだから割り勘は勘弁してくれと言って、いつも雅人が払っていたのだ。

あの頃は本当に、何から何まで雅人に甘えて依存しきっていた。両親の仲がこじれて、家庭内の雰囲気が良くなかったこともあり、逃げるようにして雅人のもとにいたりした。

実浩はとうとう、家のことを雅人に言わないまま別れた。家庭に問題がある子だと思われたくなかったからだ。

今にして思えば、笑えるほどちゃちなプライドだった。

物思いに耽っていた実浩は、雅人に軽く肩を叩かれて我に返った。支払いはとっくに終わっていたらしい。

エレベーターホールに向かって歩く間に、黙って二つ折りにした札を差し出した。

「今日は俺が無理言って誘ったんだから」

「でも……」

「それに、まだ学生だろ？　金を出すのは社会人になって……」

言いかけた雅人は急に口を噤んだ。

社会人になってから……は、ないのだと思い出したのだろう。

「とにかく、今日は奢りだ」

「すみません。……ごちそうさまでした」

ぺこりと頭を下げたまま、雅人の顔は見なかった。

エレベーターが到着して扉が開いた。中からは一組のカップルがベタベタとくっついたまま出てきて、楽しげに笑いながら店に入って行った。実浩たちには目もくれない。完全に二人だけの世界になっていた。

二度と会うこともないだろうあのカップルが、羨ましくて妬《ねた》ましい。無茶な言いがかりだということくらいわかっていた。

「乗らないのか?」

「あっ……すみません」

気が付くとすでに雅人は箱の中にいて、ボタンを押しながら待っていた。

実浩は慌ててその後を追う。

すぐにエレベーターは降下を始めた。

ぼんやりしている間に、身体が浮き上がるような感覚は止まり、扉が開いた。

出ていく雅人について、何も考えずに実浩は箱から出ようとした。だが一歩足をフロアに置いたところではっと我に返る。

ロビーフロアではなく、ここは客室フロアだ。そういえば雅人はカードキーを挿し込んで扉を開けていた。ここはエグゼクティブフロアなのだ。車を運転してきた雅人がアルコールを口にした時点で、ここに泊まっていることを考えるべきだった。

「あ……」

目を瞠り、慌てて戻ろうとした腕を雅人が摑んで引き寄せる。

身構える間もなく唇を塞がれて、背後で扉が閉まる音を聞いた。

人気《ひとけ》のない静まり返ったフロアには、エレベーターが動く機械音しか聞こえない。だがいくら人がいないとはいってもホテルの中だ。いつ部屋から人が出てきてもおかしくないし、エレベーターの扉も突然開く可能性がある。

もがく身体を押さえられ、唇をさらに深く貪《むさぼ》られた。

抵抗しなくてはという気持ちが急速に萎《な》えていく。

飢《う》えたような、乱暴で容赦のないキスだ。きつく抱きしめ、顎を摑んだまま、舌で口腔を侵している。

だが実浩は歓喜している自分を否定出来なかった。

再び雅人の腕に抱かれて、キスをしているという事実に、心も身体も溶けていってしまいそうになる。なけなしの抵抗は、ほとんど意味を成していなかった。

「ん……っ、ぁ……」

記憶の中に埋もれていた快感が、身体の奥底からじわりと這い上がってくる。

足に力が入らない。がくがくと膝が震え、雅人が支えてくれなくては立ってもいられなくなっていた。

やがてゆっくりと雅人が唇を離した。

熱い吐息が実浩の唇から漏れる。

濡れた瞳で愛しい男を見つめながら、欲情している自分を実浩は自覚した。ごまかしようもなく、雅人が欲しい。

雅人は実浩の腰を抱きながら、掠れた声で囁いた。

「恨み言を聞くって言ったな？　殴られもするって」

実浩はどこか思考力を欠いた頭で、何とか言葉の意味を理解して頷いた。

「じゃあ、おいで」

促されるまま身体は黙って雅人に従った。絨毯《じゅうたん》を踏む足が浮いているような錯覚を起こしながらも、身体に回される腕に安堵《あんど》している自分がいた。

ドアのロックが解除され、中へと入る。室内の照明が灯《とも》されると、広いジュニアスィートタイプのダブルであることがわかった。

勝手に閉まったドアはオートロックだが、雅人は手を伸ばしてカチリと内鍵をかけ、明日のルームクリーニングを断るためのボタンを押した。

雅人の意図がわかってしまう。

実浩を部屋に連れてきたのは、罵るためでも殴るためでもないのだ。

壁に押しつけられて、再び唇を塞がれた。

シャツの裾《すそ》から性急に手が入り込んで、冷房で冷たくなっていた肌に触れた。

待ちわびていたように、肌が歓喜に震えた。

けれども、すんなりと受け入れてしまうことは出来なかった。ほとんど一方的なものだったけれど、関係はすでに四年前に終わっている。

それに雅人の意図もわからない。

「どう……し……て……」

キスの合間に必死に問い掛けた。そうしている間にも、雅人の指先は胸の飾りを爪弾《つまび》くように弄《いじ》ってくる。

自然と眉根が寄って、むず痒《がゆ》い感覚をやり過ごしながら、両手で雅人を押しのけようとした。

「俺の気の済むようにしていいんだろ？」

「あ……でも……」

「恋人に悪い？　どうせ滅多《めった》に会わないんだろう？　途中で別の男に乗り換えたくらいだ。そのくらい大したことないんじゃないか？」

実浩は俯いたまま唇を噛《か》んだ。

返す言葉もない。実在しない恋人に操《みさお》立てしてみせるのは簡単だけれど、そんなことをしたら、雅人への気持ちが劣っていたように思われそうで、どうしても言えなかった。

無駄なことだとわかっていた。そもそも、メリットで付き合っていたように思わせたのは実浩なのだ。今さらあれは本気だったと知られたくはなかった。

「実浩とは、身体の相性が良かったからな」

恋人じゃない相手と寝るくらい、目くじらを立てるほどのことじゃない。それが一般的な感覚だろう。実浩には理解出来なくても、さほど珍しいことではないはずだ。

きっとセックスの相手が欲しいのだ。恋人と離れて、身体が人の肌を求めているところに、ちょうどよく実浩がいた。身体の相性がいいらしいのは雅人も言っていたし、下手に新しい相手を引っ掛けて後で面倒なことになるリスクを負うよりは、過去の負い目があって言いなりになる実浩のほうが楽でいいに違いない。

実浩は大きく息を吸って、吐くと、自らシャツのボタンを外し始めた。

だがそれも半ばで腕を掴まれ、部屋の奥へと連れて行かれた。

大きなキングサイズのベッドは、ベッドカバーがなく、真っ白なカバーシーツだけだ。その羽毛布団を捲《めく》り上げて、雅人は実浩の身体を堅めのベッドに押しつけた。

「俺と別れてから、何人と付き合った？」

「……どうでも、いいじゃないですか……そんなこと」

実浩はふいと横を向いた。

恋人なんていない。雅人と別れてから、実浩は恋をしていないし、誰とも付き合っていなかった。セックスも雅人に抱かれたのが最後だ。

心臓が早鐘《はやがね》を打っている。どんな形にしても、もう一度雅人に抱かれる日がくるなんて思ってもいなかった。何度も夢に見て、虚しさを味わってきたことが、現実になるのだ。落ち着いてなどいられなかった。

首筋に顔を埋められて、シャツを脱がされる。記憶にあるものより乱暴な愛撫《あいぶ》に、それでも身体は貪欲《どんよく》に反応した。

四年ぶりなのに、この身体は雅人から教えられたことを忘れていなかった。

「……っぁ……」

胸に吸い付かれ、思わず声が上がる。

雅人に飢えていた身体は、些細な刺激すら余さず拾い上げ、快感に変えようと必死になっている。無節操だと思われようと淫奔《いんぽん》だと言われようと、雅人に抱かれたがっている心を押し殺すことは出来なかった。

「く……ん……」

唾液《だえき》で湿らせただけの指が、無理に後ろをこじ開けて入り込んでくる。

痛みを散らすように力を抜いて、遠慮なく動き回る指に顔を歪めた。

異物感と痛みすら、今は実浩に喜びをもたらし、身体の中を弄られることに快感を見つけだそうとする。

懐かしくて、愛しい指。

雅人になら何をされても構わなかった。

以前のように優しく抱いてくれなくても、それでいい。むしろ優しくしてくれるほうがおかしいと思った。

ろくな準備もされないまま、強引に身体を開かされた。

「あっ、う……！」

喉を引っ掻《か》くような悲鳴を上げながらも、実浩は抵抗一つしないで、何とか少しでも楽に受け入れられるようにと強張《こわば》る身体を緩めた。目に溜まる涙は、腕で覆い隠した。

たぶん、初めてのときよりも痛くて苦しい。あのときは、気が遠くなるくらい時間をかけて身体を解《ほぐ》してもらい、丁寧に大事に抱いてもらった。キスの一つ一つからも、愛情と労《いたわ》りが伝わってきて、不安よりもずっと幸福感のほうが強かった。

深く身体を繋いだ状態で、雅人が実浩の腕を掴んだ。

「やっ……」

強引に両の腕をシーツに押しつけられ、顔を晒《さら》されてしまう。

ぎゅっと目を閉じると、目尻から涙がこぼれていって、それを見られまいと顔を背《そむ》けた。無駄だとわかっていても、そうせずにはいられなかった。

雅人がどんな顔をして実浩を見つめているのか、きつく目を閉じた実浩が知ることはなかった。

物言いたげに雅人の唇が動き、すぐに引き結ばれる。

「実浩……」


実浩の上げる声が、ほとんど啜《すす》り泣きになってからずいぶんと経《た》つ。

俯《うつぶ》せになって腰だけを高く上げ、揺さぶられるままの細い身体を雅人の前に投げ出して、人形のように抱かれている。その姿はむしろ犯されているといったほうが正しいのかもしれない。反応はするが、意思を見せない従順な奴隷《どれい》のようだった。

「あ……っ、あ……」

啜り泣くような声は、感じているというよりも苦痛を訴えているようだ。実際、それに近いものはあるだろう。

もはや腕で上体を支えていることも出来なくて、指先だけでかろうじてシーツを摑んでいる。

きつく閉じた目が開かれることはない。

実浩が後ろからされるのを、あまり好まなかったことはよく覚えている。忘れるはずもなかった。

だが顔を見ながら抱いたとき、シーツを掻く手が何度も雅人に伸ばされかけては、そのたびに我に返って避けていくのを、もう見たくはなかったのだ。

こんなふうに抱きたいわけじゃないのに、触れた指先や唇から、いまだに求め続けているこの気持ちが伝わってしまいそうで、故意に素っ気なく扱ってしまう。

まるで自分の快楽を追うだけの、一方的なセックスだった。

それでいて、歯止めが効かない。一度ならず抱いて、何度も達《い》かせ、綺麗な顔が涙で濡れているのに、許してやれなかった。二度とこんな機会はないかもしれないと思う焦りが、執拗《しつよう》な行為へと雅人を駆り立てた。

「い……ぁ……あっ……」

びくんと背中を仰《の》け反《ぞ》らせ、ぐったりと力をなくした身体がシーツへ沈み込んだ。

半ば意識をなくしかけている実浩から身体を引いて、雅人も終わりを迎える。

ぴくりとも動かない身体を仰向けにしてやり、唇にキスを繰り返す。まったく無反応なのは完全に意識を手放したからだ。

涙で濡れた頬を撫で、長いまつげについた涙の粒を指先で拭《ぬぐ》う。

泣き疲れて眠る実浩の顔は、昔と変わらずあどけなさが漂っている。昔より大人びて見えたのは、顔立ちそのものではなく表情のせいらしかった。

以前はもっと感情があけすけだったのに、実浩は感情が表に出にくくなった。あるいは故意にそうしているのだろうか。どちらにしても口振りも落ち着いて、高校生だった頃の印象とはずいぶんと変わっている。

身体付きはあまり変わっていない。一人暮らしのせいか、少し痩《や》せた気はするが、眉をひそめるほどではなかった。

もうこれは、雅人の知る実浩ではないのだ。大人になったのだと、つくづく思った。

雅人の四年と実浩の四年は同じではないということだ。それが十代との違いかもしれないし、割り切り方の違いなのかもしれない。

あの頃は、実浩が可愛くて愛しくて仕方がなかった。

(今は……?)

自らに問い掛ける。

愛しいと思う気持ちは変わらない。欲しくてたまらなくて、放したくないのも同じだ。だがそれだけじゃなかった。

気持ちを摑めない実浩が知らない人間に思えて、ひどく苛立ち、雅人が知らない四年という時間が許せなかった。

実浩の態度や、抱かれる様を見ていると、今でも雅人に気持ちがあるんじゃないかと期待してしまう。だが実浩には付き合っている相手がいるという。男なのか女なのか、それすらもわからなかった。

そんな相手がいながら、雅人におとなしく抱かれた理由は、贖罪《しょくざい》にほかならないだろう。罵られたり殴られたりするのと同じに思っているのだ。だから捨てた男にセックスを強要されて、それを甘受《かんじゅ》した。優しく抱いたわけじゃないのに、あっさりと雅人に身体が馴染《なじ》んで感じていたのは、かつてさんざん抱き合った相手だからだろうか。

以前よりも感じやすくなっていたように思ったのは、気のせいではない。それに抱かれているときの表情が以前とはまるで違っていた。あんなせつなげな、男を誘うような顔は、以前の実浩はしなかった。その変化が、雅人の知らない誰かのせいだと思うと、ひどく腹立たしい。実浩が自分に抱かれながら恋人のことを考えたかもしれないと思うと、たまらなく不快な気分になった。

(男なんだろうな)

漠然とそう思う。抱いたときのあの反応で、女であるはずはないと思った。

顔も名前も知らない男に嫉妬している自分がいる。このまま実浩を奪って、自分に縛り付けてしまいたい衝動すら覚えた。

だがそれを口にすることは出来なかった。態度にすら出せない。

かつて雅人を捨てた、今は恋人のいる相手だ。雅人に対する後ろめたさを拭えないくらいには善良だが、雅人のことで気持ちが揺れ動くことはないらしい。別れたときのことを口にしても、すでに終わったことだと言わんばかりに淡々と聞いているのも、自分がもうそれだけの存在になってしまったのだと思い知らされるようで嫌だった。

そんな相手を口説くような、分《ぶ》の悪い真似はしたくなかった。

明るい日が射《さ》し込む部屋の中で、雅人は煙草に火を点《つ》けた。

以前は吸う習慣のなかったものだが、なぜか海外にいる間に、気が向けばくゆらせるようになった。おそらく精神安定のための、儀式みたいなものなのだろう。

縦と横の幅が変わらない大きなベッドは、一人で眠るには広すぎる。たとえ二人で眠っていたとしても、寄り添ってしまえば伸ばした手がサイドに届かないくらいなのに。

シーツは乱れてぐちゃぐちゃで、すでに冷《ひ》えていた。

「動けたのか……」

無人のベッドを見つめて、実浩のしなやかな身体を思い浮かべる。

昼過ぎまで眠り、どちらからともなく目を覚まし、ろくな会話もないまま、雅人は先にシャワーを使った。実浩はとても起き上がれるような状態には見えなかったからだ。

どう言葉を掛けようかと、さんざん頭の中で迷い、考えながらシャワーを浴びていた。だが、バスルームから出てきたとき、すでに実浩の姿はなかったのだ。

気を失うように眠ったあの様子から見て、立ち上がれはしまいと高をくっていた。実際に相当、負担が掛かっていたようだった。

なのに実浩は何も言わずに帰っていった。

それが自分に対するスタンスであり、気持ちであると言われている気がした。

だが、逃がしたりはしない。

これで終わりになどするつもりはない。思い出してしまった実浩の感触を、このまま忘れることなど出来るはずがなかった。

ホテルの横からタクシーに乗って、実浩は溜めていた息をそろそろと吐き出した。

抱かれた感触はまだ身体に強く残っている。シャワーも浴びず、そのままの身体に服を身に着けて出てきたのだ。

ベッドから身体を起こすときはひどくつらかった。それでも何とか自分を叱咤《しった》して、おぼつかない足取りで部屋を出た。雅人と何を話していいのかわからなかったし、沈黙に耐える自信がなかったからだ。

力の入らない足で何とか階下まで行き、フロントは通らずに外へ出て、通りかかったタクシーを拾った。自分が淫蕩《いんとう》な気配を纏っているような気がして、堂々と顔を上げていることは出来なかった。

アパートの前でタクシーを降りると、部屋の前には友人の姿があった。

「あ……」

今日は約束があったのだ。慌てて時計を見ると、約束した時間よりも三十分ほど過ぎていた。

故意に怒った顔をして、芳基はドアから背中を剝《は》がした。

「忘れてんなよ。ケータイに電話したんだぞ。ちゃんと電源入ってるか？」

「ごめん……」

後ろめたくて顔が上げられないまま、慎重に足を進めた。

だが芳基はすぐに違和感を覚えたようだった。すうっと顔から笑みが引き、視線が一点に向けられる。実浩の襟元を見ながら、低い声で芳基は言った。

「あいつに会ったのか？」

その視線と言葉に、実浩はようやく可能性に気がついた。シャツの襟元は、ボタンをすべて留めてはおらず、鏡で見たわけではないが、キスマークが付けられていても不思議ではなかった。

とっさに違うと言うことが出来なかった。

「ヨリ、戻すのか？」

重ねて問われ、実浩は黙ってかぶりを振った。ここで嘘をついても、もう仕方がないと思った。

芳基は目を剝いて、実浩の肩を摑んだ。

「じゃあ、なんで！」

「……上手く説明出来ない。心配かけてるのは悪いと思うけど、このことには何も言わないでくれないか」

実浩の中でも、きちんと纏まってはいないのだ。この先も答えが出るかどうかの保証すらなかった。

芳基は大きな息を吐いて肩から手を下ろすと、肩に掛けたバッグを担ぎ直して、怒ったような顔のまま言った。

「今日は帰るわ。そのほうがいいだろ。また電話する」

「……うん」

すまないと思う気持ちが半分、ほっとしたというのが半分で、実浩は芳基を見送ると、部屋に入ってその場に座り込んだ。


絵里加の会社との仕事が終わっていたのは、実浩にとって幸いだった。

またそのうちに何かあるだろうが、しばらくは仕事上での関わりもない。顔を合わせて、いろいろと質問されるのはごめんだった。

岩井の態度は、以前と特に何が変わったということもない。おそらく絵里加から何か説明が為《な》されているのだろうが、それがどの程度までされたのか、確かめようとは思わなかった。岩井から何も言ってこないものを、わざわざ自分が持ち出す気はないのだ。

「じゃあ、お先に失礼します」

実浩はキリのいいところで片づけをして、定時よりも少し過ぎに事務所を出た。

金曜日のバイトの後は、毎週のようにアパートではなく、ホテルへ行くのが習慣になっていた。

一度だけと思っていたのに、雅人はあの翌日には電話を掛けてきた。以来、帰り際には必ずタクシー代として金をくれて、「来週」という言葉を口にした。

贖罪のためだと自分に言い訳をしながら、実浩はホテルへ向かう。本当は自分こそが会いたくて、雅人の言葉を期待している。会えば会うだけつらくなるとわかっているのに、雅人の誘いを無視することは出来なかった。

季節は移り変わって、秋になっていた。

雅人が部屋を変わってもう一カ月以上が経つ。特別なフロアだと、気軽に出入りも出来ないからと、あえて別のフロアに移ったのだ。おかげで実浩は何の制約もなく雅人の部屋の前まで行ける。

呼び鈴を押すと、ややあって内側からドアが開き、実浩は隙間から身体を滑り込ませるようにして中に入った。

ルームサービスの夕食が、すでに部屋の中には届いてるが、実浩はすぐにバスルームに入った。毎回のように用意してくれるのだが、雅人と向かいあって食事をする気にはなれなくて、いつも逃げるようにしてシャワーを浴びる。そうすることで、抱かれるためだけに来たのだと自分に納得させているのだ。

身体を洗って、バスローブを身に纏う。

あれから雅人とは、ほとんど会話を交わしていない。実浩がここへ来て、気のない挨拶を互いに交わし、シャワーを浴びてセックスをする。その間も、言葉はなく、ただ実浩の上げる声だけが響くだけだ。それから同じベッドで眠って、目が覚めると実浩はタクシー代と「来週」の言葉をもらって帰る。

不毛だということくらい、誰に言われなくても一番実浩がわかっていた。

そして帰り際に、もし雅人が来週のことを口にしなかったらと、密《ひそ》かに怯《おび》えている自分がいる。

バスルームを出ると、雅人がベッドに座ってこちらを見つめていた。

雅人もだんだんと、この状態がつらくなってきているらしいのに、実浩を呼ぶことをやめようとはしない。

抱きたくて抱いているようには思えなかった。まるで実浩が音《ね》を上げるのを待っているみたいに思える。互いに互いがやめようと言い出すのを待っているのだ。

近づいていくと、雅人が実浩の手を引いてベッドに座らせる。キスをしながらバスローブの紐《ひも》を解《ほど》いて引き抜き、肩からローブを落として剝き出しの腕を後ろ手に縛り上げた。

実浩は黙ってそうさせていた。

どうしてか、雅人は必ず実浩を抱く前に腕の自由を奪う。だからといって、加虐的なことをするわけでもない。

不自由と言えば痕《あと》がついてしまうことと、雅人に縋り付きたくても出来ないというくらいだ。だがそれは、むしろ実浩にとって都合が良かった。そうでなければ、抱かれている間に、雅人にしがみついてしまうだろうから。

雅人もきっと腕が邪魔なのだろう。途中で腕を解かれることもあるが、そういうときは後ろから貫かれている最中だけだ。

昔みたいに抱いてくれるわけじゃない。それでもけっして暴力的な抱き方ではないし、実浩が傷つかないように扱ってくれる。ただ腕の自由を奪われるだけのことで、それ以上のことをされることもなかった。

「ん……」

濡らされた指が奥へと入り込む。

手首の痛みも痺れも、やがて快感の中に飲み込まれていった。

土曜日の午後に、実浩は怠《だる》い身体を引きずってアパートへ帰った。

抱かれたままの身体で帰ったのは最初のときだけで、それ以後はシャワーを浴びてから部屋を出るようにしていた。

本当は車を使う気などないのだが、押しつけるようにして金をくれるから、仕方なくそれを使うために慣れないタクシーに乗っている。車代として使ってしまわなければ、まるで身体の代償を受け取っているようで嫌だったからだ。

アパートに戻ると、掃除を始めた。夕方に芳基がやって来るから、その前に散らかった部屋を何とかしてしまいたかったのだが、それが終わらないうちに呼び鈴が鳴った。

捲《まく》った袖を下ろして手首までを隠し、ドアを開けに行く。

「ごめん。ちょっと早かった？」

部屋の中を見て芳基は笑い、つられるように実浩も笑った。

「早すぎ」

本当は実浩の帰りが遅くなっただけなのだが、わかっていて互いに口にはしなかった。

芳基は出来た友人だと思う。実浩が金曜日ごとにどこへ何をしに行っているのか気づいていながら、そんな素振りは微塵《みじん》も見せない。

取り繕うことをしなくていい友人を、掃除が終わっていない部屋に躊躇《ためら》いもなく上げた。

散らかっているといっても、足の踏み場もないというほどひどくもない。家にいる時間が短いせいか、壮絶に汚くなったりはしないのだ。

「そういや、誕生日って明日じゃん。何が欲しい？」

「うーん……別にないんだよなぁ……」

金で買えるようなもので、実浩が欲しいと思うものはない。偽《いつわ》らざる本音だったが、口には出さなかった。

「考えとく」

「おう」

笑いながら床に腰を下ろした芳基は、下から実浩を見上げて、急に表情を強張らせた。

先日のことが瞬時に思い出され、次の瞬間に芳基の視線の先に、自分の手首があることに気がついた。

とっさに手を引っ込めようとしたが、それよりも早く芳基がもの凄い形相《ぎょうそう》で実浩の手首を摑んだ。

「何だよ、これはっ！」

座った位置からは、袖で隠したつもりの手首がよく見えたのだ。そして反対側も、同じように摑んで確かめられた。

手首には鬱血《うっけつ》の痕がくっきりと残っている。

実浩は溜め息をついて笑顔を作るが、芳基はひどく固い声で言った。

「まさか……縛られた痕だとか言わないだろうな」

「そうだけど、これくらい大したことじゃないだろ。別にヤバイことされてるわけじゃないし、俺もそれでいいんだから」

「よくねぇよ！　おまえ、あの男と別れろ！」

「……付き合ってるわけじゃないから、別れられないよ」

実浩がホテルへ行かなければ、それっきりの関係だ。いつまでも続くものじゃない。恋人が来日するか、あるいは雅人が再びオーストラリアへ行くことがあれば自然に終わるだろう。

とにかく、実浩からは終わらせることは出来なかった。

「二回は、嫌だしさ」

自分から離れていくのは一度で十分だ。だから今度は雅人から捨てて欲しかった。

そう思って笑ったのに、芳基は怒ったような顔をして実浩を睨み付けながら、乱暴に実浩の腕を掴んだ。

「もう、黙ってらんねぇ……!」

「口出しするなよ。確かに昔は関わらせたけど、今は……」

掴まれた腕を振りほどこうとするが、痛いほどに食い込んだ指が離れていってくれない。

芳基は絞り出すような低い声を出した。

「少しは疑えよ。何で俺の言ったこと鵜呑《うの》みにすんだよ。それとも、わざと気づかない振りでもしてんの?」

「な……何のことだよ……」

「本当のこと言ってやる。俺には彼女なんていないんだよ」

「え?」

「一回だけ会わせたのは、一カ月で別れた。おまえのこと忘れたくて、好きでもないのに付き合ったんだ。だからすぐ駄目んなった。そのほうが、おまえも安心すると思って……」

怒ったような調子で告げられる言葉に、実浩は目を瞠る。次に来る言葉は容易に予想が出来て、それを聞いてはいけないとどこかで警鐘《けいしょう》が鳴った。

「お前、二回は嫌だって言ったよな。でも、俺だってそうだ」

一度目の告白のときは、なかったことにしてくれた。だが二度はないと芳基は言う。

「聞きたくない！」

応えることが出来ない以上は、芳基という友人をなくすしかないのだ。

「お前がちゃんと恋愛するっていうなら諦めもしたけど、今みたいな状態続けるんなら、おとなしく友達なんてやってらんねぇ」

芳基が首筋に顔を埋めてくる。

唇が素肌に触れた瞬間に、実浩は必死にもがいて芳基を突き飛ばした。そのまま這うようにして玄関へと逃げ、取るものもとりあえず部屋を飛び出した。

バッグも部屋の鍵すらも置いたままだった。

「実浩……！」

背中で聞いた声にも振り返ることなく、逃げるようにして部屋から離れた。

怖くて後ろを振り返ることは出来なかった。

「暗いねぇ」

そんな声と一緒に、雅人の目の前には水割りのグラスが静かに置かれた。カウンターの向こうには、白髪の品のいい紳士がいる。酒を出す店をやっている彼は、還暦《かんれき》をとっくに過ぎているのに背筋がピンと伸びていて、穏やかに年を取っているのが一目でわかる風貌《ふうぼう》をしていた。

蓄えた口ひげも白かった。

半地下の店内に客は雅人しかいない。看板がなく、ドアに申し訳程度の店名プレートを付けている

だけの店なので、もともと決まった人間しかここへはこないのだ。

店内の個性的なデザインは亡き父によるもので、マスターは彼の親友だった。

雅人にしてみれば、伯父《おじ》のような、もう一人の父親といったような存在だ。

「あいつの通夜のときより暗いよ。雅人くんでも、悩みがあるんだ」

「ありますよ」

「前途洋々で、何でも手に入る絶好調の人生じゃないのかい？」

雅人は苦笑して、軽く手を振った。

「とんでもないですよ。欲しいものに限って手に入らなくて」

「何か聞いてもいいかな」

「情けないって、笑わないでくださいよ。前に捨てられた恋人です」

よほど雅人の言葉が予想外だったのか、おや、と言わんばかりに白い眉毛が上がった。

「それは、オーストラリアに行く前かい？」

「そう。捨てられたんで、行くことにしたって言ったほうが正しいかな」

半ば自棄《やけ》だったのだ。それでも出立《しゅったつ》までの約三カ月、実浩から連絡がありはしないかと待っていた。

もちろん実浩は二度と連絡を寄越《よこ》しはしなかった。

日本を発つ飛行機の中で、雅人はずっと後悔していた。あのとき、手を離していった実浩をあっさりと逃がしてしまったことを、何度も悔やんできた。

「それから会ってないのかい？」

「……いいえ。この間、未練たらたらで会いに行きましたよ。そのまま、ずるずると何度も会うようになってて……」

早く解放してやらなければと思っているのに、それが出来ない。

麻薬みたいだった。会って肌を重ねていけば、その数だけ溺れてしまうとわかっているのに、やめられない。

実浩もまた、自分から背中を向けることが出来ないでいる。

真意はいまだに摑めないままだ。従ういわれはないのに週末ごとに訪れるのは、雅人に気持ちがあるからのようにも思えるが、一方でひどくつらそうな態度を取り、日によっては一言も言葉を口にしないことさえある。会釈をして入ってきて、おとなしく抱かれて喘ぎ、そして「来週」の言葉に小さく頷く。

　とても本心は打ち明けられなかった。言えばそのまま、逃げていってしまいそうな気がして仕方がない。

「あんまりいい状態じゃないですね。向こうも何も言わないし」

「それで、そんなに辛気《しんき》くさい顔をしているわけか」

「まぁ、そうです」

「そんなに好きなのかい？　手切れ金を受け取って、あっさり別れたような子だろう？」

「我ながら笑えますよ」

　自嘲するように口の端《は》を上げると、マスターはそれを見て困ったような顔をした。それから黙ってグラスを磨き、思案顔《しあんがお》で手元のグラスを見つめていた。

「あの子は、何も言わないの？」

　やがて、そのグラスを置くと、溜め息をつくように尋ねた。

　雅人は思わず眉根を寄せた。

「……あの子、って……」

「四年前にね、有賀はここにあの子を呼び出して、話をしたんだ。あそこの席で、向かい合ってね」

　マスターが雅人の視線を流したほうへ、雅人は大きく瞠った目を向けた。

　テーブルはさほど大きくない。向かい合って座ったというならば、かなり互いの位置は近くなるはずだ。こんな近くで実浩は初対面の相手から、息子と別れるように言われたのだ。しかも、建築士を目指していた高校生にとって、雲の上にいるような相手から。

一気に建築への興味を失ったとしても、それは仕方がないのかもしれない。

（いや……本当になくしたのか……？）

別れたときの言葉とは裏腹に、再会した実浩は建築士になるべく勉強をしている。惰性《だせい》で進んだような言っていたが、絵里加によれば、ずっと建築士になりたかったと言っていたらしいし、事務所では雅人のファンだと認識されているらしい。

解せないことはいくつもあった。最初は聞こうと思っていたことも、実浩の態度を見ているうちに、片端から否定的に捉えるようになって聞けずにいただけだ。

「もういないやつへの義理より、生きてるやつを何とかしてやらんとねぇ……」

「は……？」

「今のは、自分への言い訳だな。言っておくが、私も男同士というのはどうかと思うよ。賛成できない。ただ、誤解はなくしておいたほうがいい。雅人くんのためにも、あの子のためにもね」

誤解という言葉が引っ掛かる。逆を言えば、お互いのためにならない誤解が存在しているということだ。

「あの子は、手切れ金なんて受け取っていないよ」

「受け取ってない……？　どういうことですか？」

「君が日本を発った直後に返してきたそうだ。持って行ったときのまま、封筒を開けてもいなかったそうだ」

「そんなことは一言も……」

「私が知っているのはそれだけだ。金で清算したんじゃないのは間違いない」

雅人は無意識に背後のテーブル席を振り返っていた。

「……ちょっと、行ってきます」

雅人は音を立ててスツールから立ち上がり、頭を下げて店を出た。

確かめなくてはいけないことがある。

タクシーを拾って、実浩のアパートへと急いだ。渋滞を避けて走ってもらったおかげで、三十分と掛からずに車を降りることが出来た。

一階の手前の部屋には明かりがついている。

呼び鈴を押すと、勢いよくドアが内側から開いた。

「実浩……っ」

驚いたのは、雅人も向こうも同じだった。お互いに、ドアの向こうには実浩がいると思っていたのだ。

部屋にいたのは、忘れもしない顔だった。四年前に二度ほど会っている。実浩が雅人から乗り換えていった、今は友人だという男である。

あの頃よりもずいぶんと男っぽくなった。スポーツマンタイプで、いかにも女の子にもてそうな男だった。

「あんた……」

「実浩はいないのか？」

問い掛けると、芳基は何かを考えるように視線を動かした。

「夕方、飛び出してったきりだよ。あんたのとこに行ってないんだ？」

「何があったんだ」

途端に芳基の顔つきが険しくなった。

「あんたのせいだよ。あんな痕が残るようなことしやがって。実浩をどうしたいわけ。まだ好きなんだろ。それとも昔の腹いせに、わざとひでーことしてんのかよ？」

「違う」

「だったら何だよ。実浩のこと好きなら、ちゃんとしてやれよ」

芳基は険しい顔でそう言うと、手にしたバッグを雅人に押しつけた。見覚えのある、実浩のものだった。それからキーホルダーも目の前に突きだした。

「あいつ、財布も鍵も携帯も持ってねぇから、俺も帰るに帰れなくてさ。俺がいたら、戻ってもこれねぇだろうし。あんたに預けるわ。後はよろしく」

芳基は雅人の横を擦り抜けるようにして部屋を出ていく。

実浩が戻ってこられないという部分に引っ掛かりは覚えたが、今はそれよりも気になることがあった。

「一つ、聞いていいか」

「何?」

芳基は肩越しに振り返る。

「実浩とは、結局どうなんだ?」

「どうって……友達だよ。実浩に言っといて。さっきのは嘘だ、って。あんまり焦れったいんで、芝居打っただけだってな。ちゃんと言えよ。二回も振られて、友達もなくすのはごめんだからさ」

実浩が飛び出したという理由が、だいたい摑めてきた。同時に、嘘にしなくてはいけない芳基の心情も理解出来る。

だが同情している余裕などなかった。今はとにかく実浩を捕まえなくてはいけない。

ドアを閉めようとした雅人は、手にしたキーホルダーを見て、目を瞠った。

部屋のキーと一緒についているのは、見覚えのある形のキーだった。特徴のあるそれを見間違えたりはしない。これは、かつて雅人が実浩に渡した、以前のマンションのスペアキーだった。

もう使えないこれを、実浩は外すことなく持っている。

「実浩……」

探しに行こうとしてドアに手を掛けたところで、雅人は再び動きを止めた。

けっして広い部屋ではないから、玄関からそのほぼすべてが見えていた。窓際の机の上には、パソコンと住宅模型が置いてある。

雅人の視線は、その模型に向けられていた。

無言で近づいて、間近で見つめた。

ウッドデッキふうの中庭を擁《よう》し、中央には木を植えて、それをガラス越しにどこからでも見えるように作られている。大きめのリビングには畳のスペースもあって、和のテイストを含んだ家だった。

技術は足りない。欠点も山ほどある。けれども、作り手の思い入れをひしひしと感じる家だった。

実浩は雅人と話した家の話を、少しも忘れていないのだ。惰性で進んだ人間が、こんなに細部にまで拘《こだわ》ったものを作れるはずがなかった。ましてこれは卒業制作ではなく、実浩が自主的に作ったものらしい。

確信した。実浩の気持ちは、まだ雅人に残っている。別れた理由はすべて嘘だ。

「俺のせいだな……」

もっと早く気づけば、そして確かめれば良かった。もっと早く、今でも好きだと、愛していると言ってしまえば良かった。

実浩の作った家を見つめる。

恋人がいようがいまいがもう関係ない。誰かが実浩の手を摑んでいるならば、それ以上の力で抱きしめて奪ってみせる。

「捕まえてやる」

誰が何を言おうと、それを変える気はなかった。


ホテルの前に辿《たど》り着いたときには、すっかり日は落ちて暗くなっていた。

後先を考えずに飛び出したものの、アパートに帰ることも出来なくて、買い物のときにポケットに入れたままになっていた釣り銭で、途中までの切符を買ったのだ。

歩いていける距離に友達は何人もいたけれども、実浩の選択肢の中にそれらは最初から入っていなかった。足は迷うことなく、雅人のいるホテルへと向かっていた。

昼過ぎに出てきたばかりのホテルの前で実浩は足を止める。

何も考えずにここまで来てしまったが、雅人にだって都合があるはずだ。

(どうしよう……)

出かけている可能性だってあるし、客が来ていることだって考えられる。第一、いきなり訪ねていって許されるような関係ではないはずだ。

我に返って考え始めてしまうと、足は前へと進まなくなる。

やはり友達のところへ行ったほうがいい。

そう思って踵《きびす》を返して歩き出すと、目の前に見覚えのある車が止まった。

雅人が無言で降りてくるのを、実浩は目を瞠ったまま見つめていたが、慌てて頭を下げて車の横を擦り抜ける。

「待て。どこに行くんだ？」

「帰るんです。たまたま……通りかかっただけだから」

「どうやって帰るんだ？　歩くのか？　だいたい鍵はどうする」

「なんで……」

雅人がどうして知っているのかと、問い掛ける視線を向けると、雅人は助手席のドアを開けた。

「バッグは俺の部屋にあるよ。おいで。駐車場までのドライブだけどね」

部屋に入れてくれるとわかって、少しほっとしながらも、疑問は拭《ぬぐ》えなかった。

促されるまま車に乗り込み、駐車場までの短い時間に、可能性は一つしかないと思いつく。何らかの方法で芳基が雅人に渡したのだ。

「……芳基に、会ったんですか？」

「ああ」

車を停めて、雅人が降りていく。慌てて実浩もそれに続いた。

「何か……言ってましたか……？」

どうしても探るような問い掛けになってしまう。芳基は実浩と雅人の事情をほとんどすべて知っている。そして実浩が飛び出してきた原因になったこともある。何を話したのかと気になって仕方がなかった。

連れられるままエレベーターに乗り込んだ後、雅人はボタンを押しながら言った。

「伝言を頼まれたよ。言ったことは嘘だって。焦れったいんで、芝居を打ったんだ……ってね」

「芝居……」

ほうけた声で繰り返し、何度も目をしばたかせた。

全身から力が抜けていくのがわかる。

安堵する一方で、心のどこかがすんなりと納得してくれなかった。

エレベーターから出て、静かなフロアを歩きながら、実浩は深く考えようとする自分を押し留めた。

言葉通りに受け取ればいい。あれは嘘で、芝居なのだ。だから芳基とはこれまでと同じように付き合っていける。

狡《ずる》いのかもしれない。けれど、それは芳基が望んだことでもあるのだ。

ドアを開けた雅人は、実浩に先に入るよう合図をした。

一緒に部屋へ入るのは二度目だ。最初のときは、背後でドアが閉まるのと同時にキスをされた。

ぼんやりとそんなことを考えながら部屋に入ると、同じようにドアが閉まり、背中から抱きすくめられた。

雅人は実浩の身体に腕を回し、耳元に唇を寄せてきた。

「探したぞ。何も持たないで飛び出したって聞いて、アパートからここまでの道を、何度も走った」

「え……？」

「今日、アパートへ行ったんだ。そうしたら、君の友達に会った」

「どうして……ですか……？」

雅人が実浩を訪ねてくる理由などないはずだった。

「四年前、実浩が父と会った店があるだろう。あそこで本当のことを聞いた。父から渡された手切れ金は、返したんだって？」

「あ……あの……」

「あの友達とも、友達以外だったことはないって聞いたよ」

暴《あば》かれていく事実に指先が震え出す。

「遠くにいるっていう、恋人の名前は？　年は？　どこで、何をしている？　いつ知り合って、どうやって付き合い始めたんだ？」

「そんなの……有賀さんに関係ない……」

「あるんだよ。そいつに、実浩をもらうって言わなきゃいけないしね」

実浩は声もなく目を瞠り、雅人が首や耳に口づけてくるのを茫然としたまま受け止めていた。

部屋の奥へと促され、ベッドに並んで座る。

「あ……」

ベッドサイドに、あるのはずのないものを見つけ、実浩は思わず声を上げた。

パソコンの横に置いてあるはずの住宅模型だ。かつて雅人と語りあったものをそのまま作った家だ

った。おまけに模型の横には、使えないスペアキーのついたキーホルダーまで置いてある。

「……んで……」

「昔、言った通りの家だな。俺のイメージ、そのものだ。リビングもパティオもね。それから、ベッドルームとバスルームの配置がいいな」

寝室には大きなベッドが一つ。バスルームの脱衣所はウォークスルータイプで、寝室からも廊下からも出入り出来るようになっている。どうせ家族が増えるわけじゃないし、二人の使い勝手がいいようにと、昔話していた通りにしたのだ。

雅人は実浩の手を掴んで引き寄せ、赤く痕のついた手首に唇を押し当てる。

ぴくりと肌が震えた。

「悪かった。卑怯《ひきょう》なことをしてたな。抱いているとき、何度もしがみつこうとして、そのたびにやめただろ。あれが嫌だっただけなんだ。本当は優しく抱いてやりたかった」

雅人の告白を、不思議な気持ちで聞きながら、実浩はベッドにゆっくりと倒される。

「俺のこと……許してくれるんですか？」

「気づいてやれなかった俺が悪いんだよ。知ってたか？　俺はずっと実浩を忘れられなかったんだ。前よりも好きになってる」

「で、でも恋人がいるんじゃゃ……」

「俺に？」

　雅人は怪訝《けげん》そうな顔をした。身に覚えはないと言わんばかりだった。

「いつも、同じ人が一緒に写ってたじゃないですか」

　買った雑誌の写真が、公式の場だったときは、いつでも同じ女性が傍《かたわ》らに写っていたのである。だから実浩は、てっきり彼女が雅人の相手なのだと思っていた。

「ああ……あれは向こうのスタッフで、友達だ。外国ではパーティーのときなんかに、誰かいないと不便だろ」

「そうなんだ……」

「ここで実浩を口説いてるんだぞ。恋人なんかいるわけないじゃないか」

「……うん……」

　嬉しくて、じわりと目の前が霞《かす》んだ。泣くまいと思っているのに、視界はぼやけたままでどうにもならない。

「俺……てっきり嫌われたのかと思ってた。だって、自分のことも、雅人さんのことも信用出来なかったんだよ……？　続けてく自信がなくて、それで自分から投げちゃったようなもんなのに……」

　あの頃、実浩はひどく揺れていた。実浩の両親は大恋愛の末に、駈け落ち同然に結婚したというのに、最後は互いに罵《のの》り合って、顔も見たくないほど嫌になって別れた。雅人と付き合っていたとき、家の中は最悪な状態で、愛情なんて続くものじゃないということを、実浩は一番身近な人たちから無言で突き付けられていたのだ。

今は好きでも、いつかそれは別の形に変わるんじゃないか。そう思って、怖くて仕方がなかった。

不安定さに耐えきれないほど、実浩は幼かったのだ。そんなとき、別れろと言われた。それがお互いのためだと言われ、違うと思う自分と、納得する自分が同時に存在していた。

けれど結局、実浩は雅人のためだという大義名分で自分を納得させて、その手を離してしまった。

あれから実浩は一度も満たされなかった。

いつまで経っても雅人のことが忘れられず、日を追うごとに気持ちが強く深くなっていくのを自覚しながら、弱い自分を責め続けた。

どんどん自分が乾いていくのは、雅人に背を向けた罰なんだと、ずっと思っていた。

だが雅人は優しく額《ひたい》にキスを落とす。

「そんなことはもういいんだ。言ったろ、わかってやれなかった俺が悪いって」

実浩はかぶりを振った。

「だって、俺が言わなかったんだから、雅人さんがわからないのは当然だよ」

「だったら今度は、もっと頼ってくれ。それで、実浩が俺のことをまだ好きなら、もう一度やり直そう。嫌だったら抵抗しろよ。しないなら、OKって受け取るぞ?」

大切なものを扱うように丁寧に、雅人の指が服を脱がしていく。昼過ぎにここで着た服が、その日のうちに同じ場所で雅人に脱がされるなんて考えもしていなかった。

首や肩にキスをしながら、身に着けたものをすべて取られた。

それでも腕の自由は奪われない。

胸元に顔が伏せられる。弱いところを責められて、実浩は小さく声を上げた。

優しく身体中に愛撫を受けて、実浩は戸惑いながらも、抑えようもない快感に甘く喘《あえ》いだ。昔よりも、そして昨日までよりも、ずっと感じた。

雅人は恋人として実浩を抱いているのだ。

「あ……っ、ぁ……！」

中心に顔を埋められ、指で後ろをまさぐられて、背中が何度も浮き上がり、足の先がシーツを掻いては、刻々と皺がその形を変えていった。

がくがくと腰が震える。

前を愛撫してもらうなんて、再会してから初めてだった。口の中で濃厚に愛されて、実浩はもう喘ぐことしか出来なくなっている。

身を捩って無意識に逃げ出そうとするのを押さえられ、先端を強く吸われた。

甘い悲鳴を上げる実浩から、雅人は唇を離して、代わりに指を含ませていた奥にキスをした。

「あっ……ん」

目が眩《くら》むほどの、陶酔《とうすい》感だった。羞恥《しゅうち》よりも、雅人にそうされているという歓喜のほうがずっと強い。

実浩が泣き出すくらいそこを攻めて、それからようやく雅人はゆっくりと身体を繋いでいった。

「う……んっ、ん……」

痛みはなかった。舌や指ですぎるほど十分に潤《うるお》され、熱く溶かされたそこは、むしろ雅人を迎え入れて喜びに震えている。

じりじりと少しずつ、圧倒的な存在感で内部が満たされていく。からからに乾いていた自分の中が満たされていくのを実浩は感じた。

身体だけではなく、心まであふれるくらいに雅人でいっぱいになっていくのがわかる。

絶頂感に包まれて、実浩は達した。まだ雅人がすべて入りきってもいないのに。

かすかに笑う気配がして、実浩はいたたまれない気持ちになる。とても雅人の顔を見ることは出来なかった。

「気が早いな」

「あっ、あ……」

深く交わったところで、雅人はふっと息をついた。長い指が実浩の髪を梳《す》いて、端整な顔が間近に寄せられた。

指先で胸を爪弾かれて、びくりと実浩は身体を跳ね上げる。

「そういえば、恋人とやらの名前を教えてもらってなかった」

笑みさえ含んだ声なのは、本当はそんなものがいないことを知っているためだ。なのに聞いてくるなんて、これはもう意地悪だった。

「い、な……」

「うん?」

わかっているのに雅人は意地悪く尋ねる。

嘘をついた罰だとでも言うように。

「いな……い……」

涙で潤んだ目が、笑みを浮かべた雅人の顔をぼんやりと映し出した。

「教えてあげるよ。名前は、雅人、だ」

確かにそうだ。実浩の恋人は、いつだってたった一人しかいない。

「雅、人……」

唇へのキスは、ご褒美《ほうび》だろうか。触れるだけのキスが終わると、雅人はゆっくりと腰を引き、同じ緩やかさで押し開いてきた。

「あぁ……っ!」

総毛立つような、快感だった。

愛されているのだと思うことが、こんなにも感覚を鋭くするものだと、実浩はその身をもって知った。

深く雅人を感じて、そのまま落ちていきそうになる。

揺さぶられ、自ら応じるように腰を揺らし、両手を伸ばして雅人にしがみつく。

本当はずっと、こうしたかった。

「実浩……」

掠れた声が、耳朶《じだ》をくすぐる。

「んぁ……っ、あ……ん、んっ」

溶け出していく身体を止めることが出来ない。形をなくして、どろどろになって、雅人と混じり合っていきそうになる。それを怖いと思いながらも、同時に溶けてなくなってしまいたいと望む自分もいた。

「も……っと……」

何もかもわからなくなるくらいにして欲しい。雅人以外のことは何も考えられなくなるくらいに求めて欲しかった。

実浩は恋人の名前を何度も呼びながら、快感の中へ溶けていった。


ぼんやりとしていた意識が、軽い金属音によって、次第にはっきりとしてくる。

実浩は雅人の腕の中にいた。抱かれるようにして、ずっと眠っていたらしい。焦点の合わない目で音のするほうを見ると、実浩を腕枕《うでまくら》したまま、使い馴染んだキーホルダーから、雅人が昔のマンションのキーを外すところだった。

「何……してんの……？」

掠《かす》れて声が上手く出ない。

外されたキーはサイドテーブルに無造作に投げ出された。

確かにもう用はないものだ。実浩が思い出に縋《すが》っていただけだから、雅人自身がこうして実浩を必要としてくれると知った今、執着《しゅうちゃく》するようなものでもない。

「交換」

雅人は目の前で、別のキーを付けていく。

「それって……」

「来週、マンションに移るんだよ。そこのスペアキーだ」

「あ……ありがと……」

ようやく意識がクリアになってくる。嬉しさに手を伸ばすと、意地悪をするようにさっとそれを遠くへやられた。腕の長さが違うのだから、まるで届かなかった。

「今日、誕生日だな。おめでとう。プレゼントは何がいい？」

「それがいい。鍵」

手を伸ばして、だから早くくれとねだる。

だが雅人は笑いながらキーを持った手を、実浩の胸の上に置いた。

「これは別だよ。だいたい、マンションは仮住まいなんだからな」

それからキーの先で、赤く尖《とが》った胸の粒にいたずらを始める。

「え？　あ……やっ……」

そもそもこのホテルだって仮住まいなのに、引っ越すマンションすら仮というのはどういったわけだろうか。

いたずらをやめさせようと雅人の手を摑むと、笑いながら答えが披露《ひろう》された。

「家を建てることにしたんだ。だから、完成までの仮、というわけだ。ま、土地から探すことになるから、時間も掛かるけどな」

「そうなんだ……」

ぼんやりと相槌を打つと、雅人は視線をベッドサイドの模型に移した。

「ベースは、あれだ。もちろん、設計は俺がやるし、かなり直すと思うけど」

「え……っ？」

実浩も思わず模型を見つめた。

にわかには信じられなかった。もちろんプロの手が入るわけだから、あのままの家になるわけじゃないが、自分の考えた家が本物になるのは確かなのだ。雅人のセンスで、きっと温かみのあるいい家になるだろう。

「バスルームからも庭の木が見えるように、位置を変えるか、ガラスに特殊なものを使おう。それから、バスタブはもう少し大きいものにする。一緒に入れるくらいにね。俺はきっと、いい子で風呂に入ってはいないだろうけどな」

耳元で囁かれる言葉を聞きながら、実浩は問うように雅人を見つめた。

「鈍いな。一緒に暮らそうって意味に決まってるだろ？」

心底驚いて、実浩は目を瞠った。

「今のアパートは、どうせ来年の三月までだろ？　ちょうどいいから、マンションにおいで。家も事務所に通うにもいい場所だよ」

「で、でも、そんなことしたらマズイんじゃ……？」

「就職先には、友達と同居って言っておけばいい。それとも心配なのは親御《おやご》さんか？」

「それは、平気。二人とも、もう別々に再婚して家庭持っちゃったし。俺じゃなくて、雅人さんのほうだよ。噂とか立ったらまずいんじゃない？」

「別に。仕事には関係ないな。それにもう誰にも文句は言わせないし、邪魔はさせない。実浩も今度は大丈夫だろ。だから、四年分の埋め合わせをしよう」

囁くように言われて、じわじわと実感が湧いてくる。

きっと今度は大丈夫だ。雅人を失うつらさに比べたら、何でも乗り切れる気がする。

返事をしようと唇を開きかけたとき、キスで唇を塞がれた。

これでは返事が出来ない。だから実浩はスペアキーを挟むようにして雅人と手のひらを合わせ、深いキスに応えていった。

あいかぎ

積み上げられた段ボール箱に目をやって、実浩《みひろ》は大きく息を吐き出した。

広くもないアパートの、どこにこんなに荷物があったのかと驚くほどにその箱の数は多かった。これでもおそらく、ものは少ないほうだろう。実浩の部屋を訪れる友達は、たいていそんな感想を口にしていたから間違いない。

「ほとんど本か……」

段ボール箱の上にマジックで書いた「本」の文字が一番多いのは確かめるまでもない。建築関係のものが多いが、小説やノンフィクションなどもあった。それに比べると衣類や食器などというのはとても少ない。食器などは調理器具をあわせても、二箱で余るほどだった。

後は業者に運んでもらえばいい。本当は荷造りから頼めばいいと雅人《まさと》に言われたのだが、それは抵抗があったのだ。たとえ疚《やま》しいものがなくても、私物を他人に見られるのは嫌だった。

外はもう日が落ちかけていたので窓にカーテンを引いた。明日の朝にはこれも外すことになるだろう。

それからぐるりと室内を見回した。

三年半、暮らした部屋だ。けれど感慨はあまりない。かつての実家もこの部屋も、実浩にとって休まる場所ではなかったせいかもしれない。雅人と別れてからは、何かに追い立てられるようにして過ごしていたような気がする。

手を休めて、ふっと息をついた。この部屋で寝るのも今日で最後だ。

雅人はマンションに泊まるように言ってくれたが、わざわざまたこちらまで来るのも面倒だからと断った。

明日から雅人と二人で暮らすのだと思えば、一人で過ごす夜も楽しく思えてくる。帰ってきたくなる家。それは実浩にとってもうずいぶんと前になくしてしまったものだった。それが明日から手に入るのだ。

母親にはもう引っ越すことは言ってある。建築士の先輩に誘われて、同居することになったのだと説明した。

隠してあることはいろいろとあるが、間違いではない。雅人は恋人であると同時に、尊敬する建築士でもあるのだ。おそらく母親は、来年就職する事務所の先輩だと思っているだろうが、その誤解はあえて解かないことにした。おそらくこの先も、突っ込んで聞いてくるようなことはないだろう。彼女は新しい幸せを摑《つか》んで、新しい家庭を作り上げることに夢中になるはずだから。

再婚相手とは電話でだけ話した。祝福をして、こちらのことは気にしないでくれと言った。実浩は成人しているし、すでに自立もしているので、母親はまったくの独り身のつもりで迎えてくれていいとも言った。再婚相手にはまだ十代の息子がいることもあって、実浩はいっさい関わる気はない。気を遣うのも遣われるのも遠慮したかったし、母親が新しい息子に受け入れてもらうことに必死になっているのが伝わってきたからだ。

寂しさをまったく感じないわけではないけれども、つらいことではなかった。疎《うと》まれているわけじゃないのはわかっていた。

それに今の実浩には雅人がいる。今さら母親が再婚したからといって拗《す》ねたりはしなかっただろうが、雅人がいたからこそ、心底ほっとして、笑顔で母親を新しい家庭へと送り出すことも出来るのだ。

床に置いた電話を見つめる。

雅人はまだ帰宅していないだろう。もう少ししたら、こちらから掛けてみようか。

本当はもうすべて決まっているから特に掛ける必要もないのだが、そこはやはり声が聞きたいという正直な欲求だった。

もう少しで荷造りは終わる。最後の箱には、小物入れ代わりにしていた引き出しにあった細々《こまごま》としたものを詰め込んだ。

その中に、小さなケースがあった。

実浩は再び手を止めた。

これは去年の誕生日に芳基《よしき》がくれたプレゼントだ。今どきの大学生らしく、シルバーのアクセサリーでも着けてみろと、ドッグタグをくれたのだ。実浩は詳しくないから知らないけれど、そこそこ人気のあるブランドのものらしい。

けれども着ける機会はあまりないままだった。芳基に会うときに何度かしてはみたが、どうにも着けていると首のあたりが気になってしまって、いつの間にかしなくなってしまった。

芳基は何も言わなかった。彼はそういう人間だった。先日のことにしてもそうだ。

あの告白は実浩を焚《た》きつけるための嘘《うそ》だったと言って笑い、それっきり二度とその件には触れようとしなかった。なかったことにしろと言わんばかりに。

本当のところがどうなのか、それは雅人も気づいているだろうし、こちらが気づいていることを芳基も知っているだろう。

だが誰《だれ》も何も言わない。今回の同居のことも、ただ新しい住所を教えてくれと言っただけで、さらりと流してしまった。

だから実浩も忘れた振りをして、今までと同じように振る舞うように努力している。

ぎこちなさは、いつか取れるだろうか。嘆息して、実浩は作業に戻った。

黙々と箱にものを詰めて、テープで封をする。

明日のことを思うと、気持ちはふんわりと和《やわ》らぐようだった。

引っ越し業者がすべての荷物をトラックに積み込んでしまうと、実浩は電車で雅人のマンションへ向かった。

結局トラックよりも早くマンションに到着し、新しい合《あ》い鍵《かぎ》で、部屋のドアを開ける。

三ＬＤＫのこの部屋は十五階建ての最上階だ。新築物件で、有賀《ありが》の事務所とは関係のないものだった。

まだ雅人もここへ越してきて日が浅いので、ものは少ない。実浩の私物をあわせたところで、とうていいっぱいになったりはしないだろう。

雅人はどうしても抜けられない用事があって出かけている。なるべく早く帰ってきて手伝うと言っていたが、実浩はほんの少しだけここに雅人がいないことにほっとしていた。

私物を見られるのが嫌だとかそういう理由ではなく、二人で一緒にいるところを業者に見られずに済むからだった。

考えすぎだとはわかっている。男が二人で暮らすからといって、すぐに同性愛に結び付ける者はそういないだろう。それに住んでいけば、隣近所には男同士の同居は当然わかってしまうことである。それでも、部屋の中にまで入る業者には知られたくなかったのだ。

間もなく到着した業者が、次々と荷物を運び入れた。実浩がもらった部屋は、南向きの八畳ほどの洋室だ。あらかじめ決めておいた通りに少ない家具を配置してもらい、段ボール箱は隅のほうに積んでもらった。

業者を送り出し、部屋に戻って実浩は嘆息する。

これからが大変だった。段ボールを一つ一つ開け、それを入れるべき場所へと収納していく。少ないとは言っても、一人暮らしを始めたときよりも確実にものは増えていて、段ボールをつぶしていく作業も思っていたよりはかどらなかった。

服を備え付けのクローゼットにしまい、本棚に大量の書物を収めているうちに、すっかり外は暗くなってしまった。

気が付いたのは、室内が薄暗くなってものが見えにくくなってきたからだった。

ふっと息をついて照明をつけたときに、玄関で物音がした。

家主《やぬし》のご帰還らしい。実浩は手を休めて自室から出ていった。

「おかえりなさい」

こんなことを言うのは少しばかり照れくさい。それでも、この言葉が一番適切だと思うし、これからは当たり前になっていくことなのだ。

雅人は実浩の顔を見ると、ふっと表情を和らげた。

「はかどってるか?」

「あんまり」

本棚の配置だのベッドの位置だので悩んでいたのも作業が遅れた原因だろう。だがとりあえず、今晩の寝床くらいはしつらえてあった。

雅人は部屋を覗《のぞ》き込《こ》み、「なんだ」とつまらなそうに呟《つぶや》いた。

「けっこう片づいてるじゃないか」

「寝られるくらいにはしとかなきゃと思って」

「別にいいのに」

「は？」

実浩の視線を受けて、雅人はしれっと言った。

「俺《おれ》のベッドがあるじゃないか」

「そ……それは、そうだけど……」

雅人の部屋には大きなダブルベッドがある。同じベッドに寝るからといってそれがセックスを意味するわけでもないのに、妙に気恥ずかしくなってしまう。

何度も肌をあわせてきたのに今さらだとは思う。同居するという身構えのせいかもしれない。

落ち着かなく視線を漂わせている実浩を見て、雅人はくすりと笑みをこぼした。

「実浩のベッドは、ちょっと狭いな」

パイン材の組み立て式シングルベッドなのだから、狭いのは当然だ。豪華なマンションには少しばかり不釣り合いだったけれども、わざわざ買い換えることもないのでそのままだった。ベッドだけでなく、持ち込んだ家具はすべて安っぽいものだ。

同じ道を歩む者として、今の実浩と雅人は、この安っぽい家具と豪華なマンションくらいの大きな差がある。それは仕方のないことだ。まだ実浩は建築士ですらないし、雅人は実績を持っている。追いつこうなんて大それたことは思っていない。だが一緒にいておかしくないくらいにはなりたいと思っていた。

ぼんやりとそれらを眺めていると、背中から雅人が抱きすくめてきた。

「良かった」

「え？」

「本当にきてくれるのか、心配だったんだ」

「そんな、だって……」

言いかけて実浩は口を噤《つぐ》んだ。一度逃げ出した身で、そんなことを思うなとは言えなかった。疑うというほどの強い懸念《けねん》ではないだろう。ただ雅人は不安だっただけだ。

「ごめん」

「何で謝るんだ？　前のことは前のことだろ」

やはり雅人には、実浩が何を考えていたかわかっているのだ。

「それより、片づけは明日にして、ちょっと食事がてら飲みに行こうか」

「今から？」

実浩は目を丸くして、ちらりと時計を見た。

驚くような時間ではない。だが外で待ち合わせたならばともかく、家にいてわざわざ飲みに行こうと言い出したことが意外だった。

「そんなに遅くはならないよ」

やんわりと、だが強引に促されて、実浩は片づけを中断することになった。店の中や乗りものの中は冷えるので、薄手のシャツをTシャツの上に引っかけて雅人の後を追う。

マンションを出てすぐにタクシーを拾い、告げた行き先は覚えのあるものだった。

実浩はわずかに表情を強張《こわば》らせる。

「もしかして……」

嫌な記憶に、心臓のあたりがきゅっと摑《つか》まれるような圧迫感を覚えた。

一度だけ行った、あの店。店名なんて覚えてもいない。もともとフランス語か何かで書かれていたからわからなかったし、もちろんあれから調べてみようとも思わなかった。

あのとき目の前にいた有賀はもういない。別れた雅人はこうして実浩の隣にいる。けれども、あそこはまるで恐ろしい場所のように今でも実浩に身を竦《すく》ませる。

「大丈夫だよ」

見透《みす》かしたように言って、雅人は手を握りしめてきた。

「言っただろ。四年前のこと教えてくれたのはマスターだって」

「聞いたけど……」

「そのうち連れてこいって厳命受けてたんだよ。他に客もいるし、突っ込んだ話になんてならないから大丈夫」

もう一度強く手を握られて、実浩はようやく肩の力を抜いた。

タクシーに揺られた時間はそう長くない。新しいマンションからだと、混んだ道を通ることもなく十五分くらいで着いてしまった。

近くなると雅人が道案内をし、ぴたりと店の前で車を停めさせた。

店構えは四年前とまったく変わっていない。だが周囲の建物の様子は明らかに変わったようだった。

「行こう」

相変わらず目立たないドアを開けて、地下へと下る。薄暗い店には疎《まば》らに客がいた。客層は予想していた通りとても年齢層が高い。

場違いだと思った。

マスターがこちらを見て、ふっと笑みをこぼす。

雅人は迷うことなくカウンターの一番端から二つ目の椅子《いす》を引き、暗に実浩には端に座るよう促した。

会釈する実浩に、相手の目尻《めじり》の皺《しわ》が深くなる。正直に言って、この顔をはっきりとは覚えていなかった。あのとき、彼はすぐに姿を消してしまったし、実浩は相当に緊張していて細かいことを記憶する余裕もなかった。

「やっと連れてきてくれたね」

「今日、引っ越しだったんですよ。だまして連れてきました」

笑みを含んだ雅人の言葉に、マスターはおやと眉《まゆ》を上げた。

「だまして?」

「そうです。怖がるんですよ。四年前に、いじめたんじゃないんですか?」

「人聞きが悪いなぁ」

笑いながらちらりとこちらに視線を向けられ、実浩は慌てて雅人の袖《そで》を掴みながら言った。

「ち、違うって! 全然、そんな……っ」

「そうなのか?」

「だって、全然話さなかったし」

接触はマスターがコーヒーを運んできてくれたときだけで、挨拶《あいさつ》すらまともにしなかったのだ。

そんなことは百も承知だったらしいと悟ったのは、笑いながら聞いている雅人の顔に気づいたときだ。

「知ってて……」

「一応、聞いてたんだけどね。確認をと思って」

「ひどいな、雅人くん。私は信用されていないのかい?」

マスターは笑いながらそう言うと、二人の前にグラスを置いた。細長い華奢《きゃしゃ》なフルートグラスに、シャンパンが注がれた。

「なんでシャンパン？」

「お祝いだからね。君たちが上手《うま》くいったお祝い」

「祝福してくれるんですか」

雅人は意外そうにわずかに眉を上げた。

「この顔を見たら、しないわけにいかないだろう？　嬉《うれ》しくて仕方ないって顔をしてる。この間とは大違いだよ」

「そりゃあ、幸せですから」

臆面《おくめん》もなく言って、雅人はグラスを手にした。カウンター席には離れたところに一組のカップルがいるだけで、後はテーブル席だからこちらの会話は聞こえまいが、実浩はひやひやしてしまった。それに第三者のいる前でこんなことを言われるのは恥ずかしい。もっとも、二人きりのときだって実浩は照れていたことだろう。

「どうもありがとう……ございます」

少し俯《うつむ》き加減になりながら実浩もグラスを取った。

雅人が軽くグラスをあわせてきて、カチンと小さな音が鳴った。シャンパンを口にすると、甘さが口の中に広がった。

「ちょっと甘いな」

「君たちにはちょうどいいかと思ったんだがね」

冗談めかしてマスターは笑う。それを受けて、納得したように頷《うなず》く雅人を実浩はちらりと横目に見やった。

「確かにね」

「何言ってるんだよ、もう……っ」

恥ずかしい、と呟いて実浩は顔を赤くしたが、暗めの照明の中でそれはさして目立つものにはならなかった。

そんな実浩をじっと見つめていたマスターは、やがてぽつりと言った。

「有賀はね、ときどきぽつりと君のことを言っていたよ」

「え……？」

思わず顔を上げると、穏やかな皺を刻んだ顔が苦笑に近い表情を作っていた。

「あの子はどうしているだろうか、ちゃんと笑っているだろうか……とね。とても気にしていたよ。あいつも罪悪感を覚えていたんだろうな」

だからといって、自分で決めたことを覆《くつがえ》すような人ではなかったのだ。感傷《かんしょう》と、理性での決定は別だったのだろう。

それきり何を言うでもなく、やがてマスターは他の客の注文を受けて離れていった。

ゆっくりと雅人は口を開いた。

「まだ緊張してる？」

「もう誰にも文句は言わせないから心配するな。同性だってこと自体を理解出来ないやつがいるのは仕方ないしね」

「少し……。でも、大丈夫」

雅人の言葉に頷いてから、実浩はグラスにまた口をつけた。

有賀久郎《ひさお》はもういない。誰にも、というのは雅人の中でつまりは彼のことなのだろう。自分の父親が、別れさせた恋人のことを気に病《や》んでいたのを彼は知っていたのだろうか。柔らかな笑みを浮かべるその顔からは何もわからなかった。

だがそれは実浩が知らなくてもいいことだ。

少しは余裕も出来て、店内をぐるりと見回した。個性的な、けれども落ち着ける空間は、有賀久郎の作品に相応《ふさわ》しいけれども、実浩が知るものよりはずっと遊び心を強く感じさせる。友人の店ということで、あえてそうしたのかもしれない。

四年前はそんなことにまで気づく精神的なゆとりがなかった。内装が変わっているとは思えないのに印象がまったく違うのは、何もあのときが昼で、今が夜だからというだけではなさそうだった。

あのとき座っていた席には、二十代半ばくらいの女性が座っていて、向かいにはずいぶんと年上の男性がいる。親子と言われても不思議じゃない年齢差の二人は、上司と部下という雰囲気には見えない。不倫カップルと言われたほうがしっくりときた。だがそれは実浩の見解であって、本当のところはわからないのだ。自分たちだって、人によってはいろいろな見方をされるのだろう。果たして恋人同士だと思う者は、どのくらいいるのだろう。

「何を考えてるんだ?」

「どういうふうに見えるのかなぁって」

「恋人同士」

「普通、男が二人で飲んでてもそうは思わないよ」

ここがそういう人の集まる店だというのならばともかく、明らかにそうではないのだ。だが雅人は意味ありげに笑うばかりだった。

実浩は視線で意味を問うた。

「兄弟《きょうだい》には見えないだろ。まるで似てないしね。仕事の関係にしては、実浩が童顔すぎて未成年の学生に見えちゃうし」

「これでも少しは大人っぽくなったと思ったんだけど」

「少しね」

雅人は楽しそうに笑いながら、実浩の顔を覗き込んできた。

初めて会ったとき、実浩はまだ十七歳だった。あの頃《ころ》は年相応の顔だったはずなのに、今は童顔と言われるようになってしまった。つまりあまり変わっていないということなのだ。

「昔から可愛《かわい》かったけど、今も可愛いよ。前より色気があるし」

「恥ずかしいからやめてよ」

誰に聞かれるわけじゃなくても、実浩が恥ずかしかった。それに色気がどうとか言われても、ちっともピンとこない。

「前より誘うような目をするようになった」

「うそ……」

実浩は大きく目を瞠《みは》る。そんなに自分は物欲しそうな顔をして雅人を見ているのだろうかと恥ずかしくなる。

「俺としては嬉しい半面、ちょっと心配だったりするな」

「なんで？」

実浩はムッとして雅人を見つめ返した。たとえ無意識に雅人をそう見ているのが本当だとしても、誰彼なくそんな視線を向けることは絶対にないはずだ。

それを察したように雅人は言った。

「そういう目はしなくても、色っぽいんだよ。どうせ自覚はないだろ」

「ないよ、そんなの」

ふいと横を向いたとき、階段を下りてくる人影が視界に入った。

実浩は大きく目を瞠る。誰かを理解するより先にグラスを持つ手が震えたのは、それだけ実浩の嫌な記憶に繋《つな》がっているせいだろう。

彼はまっすぐにこちらを見つめていた。実浩を見ても驚く様子もなかった。

視線を追った雅人の呻《うめ》くような呟きが聞こえた。

「竹中《たけなか》……」

実浩はとっさに目を背け、じっと自分の手元を見つめた。それでも会いたくない相手が近づいてくるのがわかった。

有賀が亡くなり、マスターが柔らかく微笑《ほほえ》んでくれた今となっては、実浩にとって最も会いたくない人間が竹中だった。彼の顔は、追いつめられていった十七歳のときを否応《いやおう》なしに思い出させる。

「こんばんは」

記憶にあるのとまったく同じ声がした。実浩の隣では雅人が小さく嘆息《たんそく》していて、彼がけっして竹中とのニアミスを歓迎していないことがわかった。

「知らなかったよ。竹中がここに来てたとはね」

「通うようになったのは最近ですから」

「へぇ……」

具体的なことを言ったわけではなかったが、おそらく有賀が亡くなる前には来ていなかっただろうことは想像がつく。生前の有賀はよくここへ来ていたようだから、上司と鉢合《はちあ》わせするような場所を彼は避けたはずだった。

その竹中の視線はすでに実浩に向かっている。顔を上げようとしない実浩に、彼は淡々とした調子で言った。

「お久しぶりです」

「……こんばんは」

実浩は堅い声でそう言いながら、小さく頭を下げた。失礼になるかと思いながらも、竹中を見ようとしなかった。それに今さらこの男に無礼の一つや二つしたところで何がどうなるものでもない。

「お元気でしたか？」

「……おかげさまで」

愛想なく返しながら、実浩は相手の真意を探った。何しろ、四年前に実浩と雅人を別れさせようと、しつこく付きまとった男だ。身構えるなというほうが無理だった。この男にとっては仕事だったわけだから、本当は恨む筋合いじゃないのかもしれないけれど。

「確か、大学四年生でしたね」

「ええ」

「建築士になられるとか」

「もう就職先も決まってます」

けっして雅人に斡旋《あっせん》を頼んだりしたわけじゃない。聞かれてもいないのに実浩はそんな意味も込めて言った。また勘繰《かんぐ》られているんじゃないかという、半ば被害妄想《ひがいもうそう》的な考えが頭の中にあったのだ。

「それはおめでとうございます」

竹中はさらりと言ってから、カウンター席に腰を下ろした。雅人とは椅子を一つおいた場所だった。

他に座る場所はなかったせいだろうが、たとえ空いていたとしても彼はその場所に座ったんじゃないかと思えた。

マスターが作った水割りのグラスを手にしながら、竹中は思い出したように口を開いた。

「同居を始めるそうですね」

「今日からな」

「喪《も》が明けるまで待つのかと思っていました」

「四十九日《しじゅうくにち》は過ぎてる」

だから構わないのだと言わんばかりに雅人は言い放った。もともと、喪中だとか何だとかいう意識が希薄なほうなのだ。まして結婚式を挙げるわけでもないと、その態度が語っている。

竹中は何も言わなかった。咎《とが》める気はなかったようだった。

雅人はグラスを置くと、実浩の肩を軽く叩《たた》いてスツールから下りた。本当ならばもっとゆっくりしていく予定だったのだが、竹中の出現で変更することにしたらしい。

その背中に竹中は言った。

「近々、ご連絡差し上げようと思っていたんです」

「連絡？」

「ええ。社長がお会いしたいと」

竹中の視線は実浩に向かっていた。つまり会いたいのは雅人ではなく、実浩のほうだという意味だった。

「兄貴が？」

「そうです」

有賀の会社は、長男の和人《かずと》が代表になっている。もともと彼は建築士としての能力より、経営的な能力が優れていたらしく、亡き父親がいた頃からそちらの方面で期待されていたのだ。

「また何か企《たくら》んでるのか？」

「存じません。雅人さんがご一緒でも構わないということでしたけどね」

「別に会う必要はないだろ」

「末っ子のことが気に掛かっているんだと思いますよ。当然でしょう。父親が一度は別れさせた相手と、一緒に暮らすというんですから」

竹中の声を背中で聞きながら、実浩は顔を強張らせた。身を固くしているのが、肩に手を置いた雅人に伝わっているかもしれないとゆっくりと息を吐き出した。

「だとしても、まず俺に何か言うべきじゃないか？　そう伝えておいてくれ」

雅人は冷淡な口調でそう告げると、実浩の肩を軽く叩いて店を出るように促した。自分の背中に竹中の視線が向けられているような気がして仕方ない。

繰り返し何度も別れるように言われた夏のことを思い出した。

タクシーの中で、実浩は大きく溜《た》め息《いき》をついた。

「悪かったな。まさか竹中が来るとは思ってなかったんだ」

「大丈夫。誰にでも理解してもらおうとは思ってないし」

それは不可能というものだろう。消極的ながらも有賀の友人だったマスターが認めてくれたのだし、絵里加《えりか》などは積極的に認めてくれている。もう十分だった。

雅人は隣で苦笑いを浮かべた。

「メシを食いはぐれたな」

「何か買って帰る？　それとも作ろうか？」

材料さえあれば何とでもなるだろう。人をもてなすようなものは本でも見ないと出来ないが、ずっと自炊をしていたから、簡単なものならば自信はあった。

「いや、近くにいい店があるから寄ろう。今日は引っ越し祝いだからな」

結局、そのまま外食することになった。実浩としては作って良かったのだが、雅人がどうしてもパルメジャーニのリゾットが食べたくなったと言い出して、イタリアンの店に入ったのだった。

西麻布《にしあざぶ》にあるこの店は、雅人が昔から気に入っている店だという。

中は思っていたよりも照明を抑えてある。テーブルの間隔《かんかく》も意外に広く、話をするのに良さそうだ。

席に案内されて、アルコールと料理を注文した。この店はプリフィクススタイルのコースがあるのだが、頼みたいものが入っていないと言って、雅人はアラカルトでアンティパストから一通りをオーダーしていった。

ワインは白で、少し甘めのフルーティーなものだった。実浩の好みにあわせたらしい。

「聞いていいかな」

「竹中のことか？」

あっさりと雅人は言った。あれからずっと実浩がそのことを気に掛けているのを察していたのだ。

「うん……」

「今は、兄の秘書をやってる。あいつが嫌い？」

「嫌いって言うか……」

実浩は溜め息まじりに呟いて、目を伏せた。嫌いとも苦手とも違う。あの男は実浩にとって怖い相手だった。理屈ではなく、本能的にそう思ってしまうのだ。

「気にするな……って言っても無理なんだろうけどな。でも、やっぱりなるべく気にしないでくれ。俺のせいでもあるんだし」

雅人に苦い表情をさせてしまって、実浩は慌ててかぶりを振る。

「あれは、だって……っ」

「待った。あのときのことは、もういいだろ。俺も実浩も何かもう一つ足りなくて、でもお互い必死だったよな。後悔は山のようにしたことだし、同じこと繰り返さなければいいんだよ。そうだろ？」

どちらが悪いわけじゃないと、雅人は言った。きっと本当は自分が悪いと言いたいのだろうけれど、そうしてしまったら実浩が泣きそうな顔をするのを彼はわかっている。だから互いに悪かったということで、落ち着かせようというのだ。

わかっているから、実浩も頷く。そして何とか竹中を克服《こくふく》しなければと思った。彼のことを恐れている実浩を見ると、雅人が自分を責めてしまうだろうから。

「ただ、もし実浩が良ければ一度兄に会ってくれるか？　もちろん俺も行くから」

すんなりと、何の躊躇《ためら》いもなく頷くことは出来なかった。

たとえ同じように別れろと言われたとしても、今度ははねのけるだけの気持ちがある。けれど、向こうが自分を歓迎しているはずがなく、会見の場には竹中も待ち構えているのだ。

あの男は怖い。もしかしたら、亡くなった有賀久郎よりも、実浩は竹中が怖いのかもしれない。

だが怖がっていても始まらないのはわかっていた。立ち向かわなければ、いつまで経っても克服は出来ないのだ。四年前に植え付けられた種子から発芽《はつが》して根を張ったものを、綺麗《きれい》に焼き払ってしまいたかった。

「行くよ」

「無理するな」

「する……しなきゃいけないんだ」

それに今度は一人じゃない。何よりそれが実浩を勇気づけた。

深刻な顔で決意を固めたとき、ふいに店内の照明が最小限に絞られる。何が起きたのかと思う間もなく、数名の歌声が聞こえてきた。

ハッピーバースデーだ。

唖然《あぜん》として視線を向けた先には、一つのテーブルを囲んで、給仕《きゅうじ》のスタッフが三人で歌っている姿と、恥ずかしそうに、でも笑いながら俯いている若い女性の姿があった。向かいに座っているのは恋人なのだろう。誕生日だと言って予約を入れると、こんなサービスがあるらしい。最近では珍しくないレストランサービスだった。最初は驚いた他の客もすぐに事情を把握して、歌が終わると何人かが儀礼的な拍手をした。

それからすぐに明かりは戻った。スタッフが一言他の客たちに告げて、何ごともなかったように元のサービスに戻っていく。

「実浩？」

「あ……うん、何でもない」

何も同じことがしたいわけじゃないが、周囲が自然に彼らを見ることを少し羨《うらや》ましく感じてしまった。あれを実浩たちがしたら、間違いなく奇異の目で見られるはずだ。

いつか開き直って、レストランで誕生日でも祝えるようになるだろうか。そんなときがくればいいと思いながら、実浩はグラスに手を伸ばした。


新しい住まいというのは、何もかもが新鮮だ。ありとあらゆる感覚で、今までとは違う、ということを実感させてくれる。スイッチの位置一つにしてもそうだった。今まで、暗がりの中でも無意識に手が伸びていたその感覚は、今はもう役に立たない。

静寂さだとか、広さによる独特の音の響きだとか、それらすべてが新鮮だった。

靴を脱いで上がるなり、実浩は背中から抱き竦《すく》められた。

「ちょっ……雅人さん?」

「嬉しいんだ。やっと、実浩と一緒にいられる」

短い言葉の中に、彼のストレートな喜びというものが滲《にじ》み出ていて、実浩の胸まで熱くなるようだった。

やっと、と雅人は言う。本当にそうだと思った。

実浩は自分の身体《からだ》に回った腕に、そっと手を添える。すると抱きしめる腕の強さはますます増して、痛いくらいになった。

だがその痛みすら実浩には愛《いと》おしかった。

胸元から上がってきた手が、首を撫《な》でてから顎《あご》に添えられる。そっと摑むようにして、雅人は実浩を振り向かせると、その唇を塞《ふさ》いできた。

舌を吸われ、息も出来ないくらいに貪《むさぼ》られる。

もつれるようにして廊下に倒れ込み、口腔《こうこう》を支配されながら身体をまさぐられる。

「ん……待っ……」

腕の中でもがくと、雅人はキスはやめたものの、代わりに顎の先や首にくちづけながら服を脱がしにかかった。

実浩にはやるべきことがある。部屋を片づけてしまわないことには、眠ることも出来ないのだ。

「片づけしなきゃ……っ」

「明日でいいよ。どうせそっちのベッドが使えなくても支障はないし」

「だからってこんなとこでしなくたっていいじゃないかっ……」

実浩は手足をばたつかせて抵抗した。廊下だなんて、あまり嬉しくない。それに背中だって痛くなるに決まっていた。

「片づけとベッドでの続きとどっちがいい？」

「……続き……」

小さな声で言うと、雅人は満足そうに笑みを浮かべ、身体を起こして実浩の手を引いた。立ち上がるやいなや、ひょいと横抱きにされてしまった。

誰が見ていなくても恥ずかしかった。

雅人の寝室の、大きなベッドに下ろされる。すでに半裸の身体を露《あらわ》にされて、ありとあらゆるところを愛撫《あいぶ》された。

自分ですらまともに見たことのない場所を雅人の目に晒《さら》し、あまつさえ舌で潤される。湿った音が鳴るたびに、実浩は身体が形を失っていくのがわかった。

甘く掠《かす》れる声を抑えるすべはない。

びくびくと跳ね上がる身体を持て余し、実浩は雅人の指や舌に溶かされて、どろどろに形をなくしていく。

「ああ……っ、ん……んっ」

蕩《とろ》けた身体に少しずつ雅人が押し入ってくる。

その瞬間は今でも苦しくて、だがそれ以上に満たされた。

繋いだ身体を揺すって、互いに快感を貪り、言葉もなく獣みたいに快楽に溺《おぼ》れていた。そうしているうちに、別々だった身体が溶け合って一つになっていくような気さえした。

どうにかなってしまいそうな快感と、幸福感。

好きで好きで、たまらなかった。

「は……ぁん、ああっ！」

深く穿《うが》たれて、実浩は甘い悲鳴を上げた。

意識が一瞬遠のいたけれど、優しくキスされながら髪を撫でられて、ゆっくりと戻ってきた。無意識にしがみ付くと、何度もついばむようなキスをされた。

幸福だった。雅人にもう一度好きだと言ってもらえて、一緒にいられて、こうして身体も繋ぐことが出来る。

「実浩……？」

泣いていたのだと、指先で目元を拭《ぬぐ》われてようやく気が付いた。

「そんなに気持ちが良かったのか？」

からかうように言い方に、実浩は何も返さなかった。たぶんそれもあるだろうが、気持ちの問題はかなり大きい。

照れているのだと考えた雅人が小さく笑った。

「もっと泣かせていい？」

誘われて、どうして嫌だと思うだろう。

「うん……」

実浩は両の腕で、雅人にぎゅっとしがみ付いた。

ホテルの一室で、実浩はひどく緊張しながら訪問者を待っていた。隣には雅人がいて、宥《なだ》めるようにして手を握ってくれている。

これから来るのは、雅人の兄だ。一緒に竹中も来ると言う。おかげで昨晩はあまりよく眠れなかった。明け方近くまで寝返りを繰り返し、ほんの三時間ほどの浅い睡眠を取っただけだ。

この場所を指定したのは雅人だった。

食事でもしながら、と彼の兄は言ったらしいが、雅人はそれを断り、ただ話をするためにホテルに部屋を取った。長々と食事をするより、そのほうが時間も短くて済むと考えたのだ。

ほぼ時間通りに、チャイムが鳴った。

立ち上がろうとする実浩を制し、雅人はドアを開けに行った。

挨拶らしいものは、少なくとも実浩の耳には聞こえない。すぐに雅人が二人の男を中へと通した。

先に来たのは有賀和人だ。雅人の上の兄で、年はかなり離れているらしく、亡くなった久郎にとてもよく似ている。年を取ったら、もっと似てくるのだろう。

そしてその後ろからは竹中が現れた。いつも通りの無表情だ。

実浩は立ち上がり、緊張しながら頭を下げた。

頼んでおいたルームサービスが、すぐにコーヒーを運んできた。雅人がサインして、ボーイが下がってしまうと、すぐに和人が切り出した。

「まず紹介してもらえないか」

「恋人の、矢野《やの》実浩。竹中に聞けば四年前のことはわかる。実浩、これが上の兄の和人だよ」

「知りたいのは今と、これからだよ。雅人」

話し方まで和人は久郎に似ている。声に若さがあることを除くと、本当にそっくりだ。目を閉じたら目の前に久郎がいるんじゃないかと思えるほどだ。

「それこそ、聞くまでもないだろう?」

「聞きたいんだよ」

やんわりとした言い方には、それでも有無《うむ》を言わせぬ強さがあった。人を動かす男なのだということが、ひしひしと伝わってくる。彼は芸術家ではなく、実業家だ。家を造るのではなく、会社の利益を上げるためにこの世界に身を置いている。だがそれは必要なことだ。大きくなりすぎた〈有賀〉を保っていくには必要な男だった。

「一緒に暮らしてるよ。これからも、そのつもりだ。気に入らないなら、それでもいい。すべての人間に認めてもらおうとは思ってない」

「そう喧嘩腰《けんかごし》にならなくてもいいだろう」

和人は苦笑して、視線を実浩に移した。

「はじめまして、だね」

「あ、はい。ご挨拶が遅くなってすみません。矢野実浩です」

とりあえず自分の名前は言ったものの、後が続かなかった。まさか、雅人さんとお付き合いをさせていただいてます……なんて、言えるわけがない。

だがすぐに和人のほうが話し出した。

「父から少し話を聞いていたんだよ。想像していた通りだ」

思わず身を強張らせてしまう。一体どんな話をし、どんな想像をしていたのだろうか。

どうしても明るいほうには考えられなかった。期待していた末息子の、そして目の前にいる男にとっては弟の恋人になった同性のことを、良く思えるはずがない。

余裕のかけらもない実浩を見て、和人は浅く嘆息した。

「取って食おうというわけじゃないんだ。少し肩の力を抜いたらどうかな」

「すみません」

「謝ることじゃないだろう」

和人は苦笑を浮かべていた。

意気地《いくじ》がないと呆《あき》れているのかもしれないし、自分がいじめているようだと不快に思っているのかもしれない。実浩にはそんなふうにしか考えられなかった。

「うちの息子とそう変わらないな……」

「あれはまだ十六だろ」

雅人は憮然としたままだ。和人には息子が二人いると聞いていたが、話に上っているのは長男のほうらしい。

「五、六歳の違いだよ。これが大違いだというんなら、おまえとはどうなる」

もっともな意見に雅人はむっつりと黙り込んだ。今は実浩も成人しているが、最初に付き合い出したときは高校生だったのだから、あまり強気には出られないようだった。

何か言わなくては、と思っているときに、携帯電話が鳴った。着信メロディではなく、無機質なだけの呼び出し音だ。聞き覚えのないそれは、すぐに和人のものだとわかった。

「雅人、そっちの部屋に入ってもいいか？　無視するわけにいかない電話なんだよ」

液晶画面をちらりと見た和人は、困ったように苦笑いを見せる。どうやら仕事関係の、それも大事な相手らしい。

「ああ、どうぞ」

「話の途中で失礼」

実浩に向かってそう断ってから、和人はドアをくぐって寝室に入っていく。泊まる予定はないので、誰が入ろうと構わない部屋だった。

リビングには実浩と雅人と、そして竹中が残された。

竹中の視線は、まっすぐに実浩に向けられていた。視線をあわせまいとしていても、彼が何かを訴えたそうなのは感じられる。

雅人も気が付いたようだった。

「席を外せ、竹中」

「申し訳ありません。今日は社長のお供ですので……」

だから和人の命令以外は聞かないのだという強い姿勢だった。話している間だけ雅人に向けられていた視線は、すぐにまた実浩へと戻された。

「どういうつもりだ？」

「何がです？」

「さっきから実浩を見てる理由だ。何を企んでる？」

見たことがないほど雅人は攻撃的だ。どちらかといえば当たりの柔らかな彼にしてはとても珍しいことだった。

「いえ……ただ、私の中で彼への認識が変わりましたので、少々思うところが……」

思わず問うような目をして竹中を見てしまった。視線がかち合ってから、反応するべきじゃなかったと気が付いた。

案の定、竹中は待っていたように言った。

「四年前に、金を返してきたときは、見かけによらず骨のある子だと思ったんですが……思い違いでしたね。焼けぼっくいに火がつくとは思わなかった。未練がましく、会いに行ったんですか？」

「竹中！　おまえ、どういうつもりで……」

怒鳴りながら止めようとした雅人を制したのは、電話を終えて戻ってきた和人だった。雅人の咎めるような視線に対し、兄は真剣な顔で何かを訴えるようにかぶりを振った。ここは出ていくな、ということなのだ。

「結局は建築士になるようですし、雅人さんといればいろいろとメリットが……」

パン、と乾いた音が、竹中のお喋《しゃべ》りを途切れさせた。

実浩はいつの間にか立ち上がり、右の手首を自分の左手で握るようにして、小さく震えていた。それは怯《おび》えているためじゃなく、竹中への純粋な怒りのせいだ。

打った手のひらが痺《しび》れるように痛いくらいだから、もちろん殴られた頬《ほお》はもっと痛い。はっきりと赤くなった皮膚がそれを証明していた。

「未練があっちゃ、いけませんか」

感情を抑えようとして、失敗した。あからさまにそんな声になった。

「好きだったんです。なのに、別れちゃったんです。あれからずっと後悔して、それでもやっぱり雅人さんがずっと好きで……。未練があって当然じゃないですか！　そんなことまで、あなたにとやかく言われたくない！」

こんなに激しい口調で竹中に立ち向かったことはなかった気がする。実浩はずっと怯えて、顔色を窺《うかが》うようにおどおどしていた。

今は見つめる目が、挑むような、そして睨《にら》むようなものになっていた。

自分の気持ちを侮辱《ぶじょく》されたくなかった。それは許せなかった。

「そちらの会社と接点なんて持ちませんから、安心してください。雅人さんに、仕事のことで何か頼んだりなんかしませんから」

強い口調でそう言い切って、実浩は固く口を引き結ぶ。

じっと見つめてきていた竹中の表情がほんの少しだけ柔らかく動き、視線はすぐに和人へと移っていった。

「ご覧の通りです。社長が心配されるほど、弱々しいわけではありません。芯《しん》はしっかりとした方ですよ」

いつものように淡々とした声だが、ほんの少しだけ笑みを含んでいるように響いた。

実浩は目を瞠り、竹中と和人の顔を見た。それから救いを求めるように雅人を見つめたが、彼も驚いた様子で兄を見て呟いた。

「試したのか……？」

「人聞きの悪いことを言うな。ずいぶんと怯えてるようだと言うんで、てっとり早く本心を引き出そうと思っただけだ。まぁ、竹中に任せたんで、こういうやり方だとは思わなかったが……」

「だからって……」

文句を言いかけていた雅人が、途中で溜め息をついてそれきり何も言うのをやめた。手を押さえながら茫然《ぼうぜん》と突っ立ったままの実浩の肩に手を置き、元の場所へと促した。

どう対処したらいいのかわからなかった。

「悪かったね。あれは竹中の本心じゃない。傷つけるようなことを言ってすまなかった」

竹中の代わりに和人が謝った。

「いえ……」

他に言いようもない。これは一体どういう状況なのかと、頭の中はいささか混乱状態だ。はっきりとしているのは、悪意を感じないことだった。

「三十を過ぎた弟のプライベートにまで干渉する気はない、ということだよ」

和人はやけにあっさりしていた。さらりと言うが、最初からそんなふうに納得していたとは限らない。四年前からこちらのことを知っていた彼は、時間を掛けてそういう結論に達したに違いない。そして久郎とは、雅人に対するスタンスが違うということなのだろう。

「仕事に支障がなければそれでいい。むしろ君といることで充実して、いい作品が出来るならば、反対する理由もない」

実浩は半ばほうけてその言葉を聞いていた。たとえば絵里加のような理解でもないし、マスターのような半ば諦《あきら》めの入った納得でもない。もっと突き放した、無関心に近い許容だが、それでも実浩には十分だった。

「ありがとうございます」

「礼を言われることじゃないんだが……」

和人は苦笑して、彼の弟に目をやった。

「そういうことだ。しっかりやりなさい」

「どうも」

むすりとしたその態度が何だか子供みたいに見えて、実浩はくすりと笑った。そうして、笑えた自分に驚いた。

打ち解けた、とまではいかなかったが、それからの会話は少しはましにこなせた。話の内容は完全に雑談だったし、和人は話が上手くて、小一時間《こ》ほどがあっという間に経ってしまった。実浩は人見知りをするほうではないが、相手が雅人の身内ということでかなり緊張していたから、話をして笑うゆとりを持てたことは嬉しかった。

「今度、一緒にうちにきなさい」

「義姉《ねえ》さんは……」

「まぁ、同居人だと言っておけばいいだろう。何か気が付いたら、私から言っておく」

和人はそう言いながら時間を確かめ、竹中に目をやった。言葉でのやりとりはなかったが、竹中は頷き、すぐさま和人は立ち上がった。

「今日はわざわざすまなかったね」

「いいえ……っ」

実浩は慌てて、そして雅人はおっくうそうに、和人たちを見送るために立ち上がった。

和人は竹中が開けたドアのところで振り返った。

「勝手な言い分だが、父のしたことは許してやってくれないか」

「大丈夫ですよ」

実浩は微笑んで見せた。四年前は理不尽に思ったこともあったけれど、時間が経つにつれてそれは消えていった。誰のせいじゃなく、自分の弱さのせいだとわかったからだ。

安堵《あんど》なのか、和人は頷いて歩き出す。

竹中は丁寧におじぎをして後に続こうとしていた。

「あのっ……」

実浩の声に、二人が同時に振り返る。そこで初めて、名前を呼ばなかったのだということに気がついた。

「竹中さん」

「はい」

実浩はまっすぐに竹中を見つめる。その名前を見ることすらつらい男だった。もうその必要もないと頭ではわかっていたのに、姿を見るだけで胸のあたりが苦しくなり、対峙《たいじ》すると震え出してしまうほどの存在になっていた。

だからまっすぐに見据えていられる自分が意外だった。

「さっきの……本心じゃないというなら謝ります」

「殴られて当然のことを言ったんですよ。あんなふうに思っているわけではありませんが、君が謝ることでもありません」

「でも……」

「天敵に一矢報《いっしむく》いたとでも思っていればいいことです。私の顔を見て怯えているよりも、そのほうが魅力的ですよ」

穏やかに笑みさえ浮かべて言うと、竹中は頭を下げて背中を向けた。そうしてすぐに、和人ともども実浩の視界から消えていってしまう。

あんな顔も出来るのだ。思えば彼が感情を実浩に見せたのは今日が初めてかもしれない。たぶん彼に対して怯えることはお門違いだ。彼は職務に忠実だったにすぎず、個人的な感情で動いていたわけではない。ただあまりにも徹底していただけなのだ。

「実浩」

溜め息まじりに呼ばれて、実浩は我に返った。

ドアを開けたままで待っていた雅人が、中へ戻るように視線で促してくる。心なしか不機嫌をまとっているように見えるのは気のせいじゃないとすぐに知った。

「あいつは一体どういうつもりなんだ」

「それ、竹中さんのこと？　だからあれは、本心じゃないって……」

言葉を遮るようにして雅人が溜め息をついた。何もわかっていないことを呆れるような、そして咎めるような顔をしている。

「そうじゃない。あんな顔で、魅力的だの何だの言ってたことだよ。俺をからかってるつもりなのか

「……？」

雅人は実浩をじっと見つめ、眉をひそめた。

聞かれても答えられるほど実浩は竹中のことを知らない。雅人にわからないものをわかるはずもないのだった。

「悪い……実浩に言っても仕方がなかったな」

「いいけど……」

「明日はバイトだっけ？」

「休みもらってる。精神的にきついかと思って、念のためにね」

結局は取り越し苦労となったけれど、それは実浩にとって喜ぶべきことだった。

やけにすっきりとした気分だ。雅人と再会し、関係が戻ってからも、ずっと胸につっかえてきたものが、やっと取れたような気持ちだ。

思わず笑ってしまった。

「うん？」

「竹中さんのこと殴ったせいかな。不思議なくらい、吹っ切れた感じ」

「ああ……。殴ったってこと自体じゃなくて、それくらい感情を爆発させたってのが良かったのかもな。言いたいことも言ったんだろうし」

「かもね」

いずれにしても、おそらくもう竹中と会っても萎縮《いしゅく》せずには済みそうだった。

雅人は電話を手にし、フロントと話し始めていた。予定を変更し、このまま泊まっていくと告げている。

異存はなかったが、必要もないなと実浩は思う。二人で暮らしているのに、わざわざ外で泊まることもないはずなのだ。

「急に気が変わった？」

「邪魔されたくないんだ。絵里加が知りたがってたからな」

「そんなの、電話で教えてあげればいいのに……」

十分とかからないで終わる話だろうに、とは思ったが、それで雅人の気が済むのならばとも思い直した。

「でも携帯に……」

言いかけたところで本当に雅人の携帯電話が鳴った。迷惑そうな顔をするだけで出ようとしない雅人の代わりに、実浩が携帯を見に行った。

相手は絵里加だ。やはり気になっているようだった。

「出ないの？　だったら、俺が出ていい？」

「……いいよ」

渋々、といった様子で雅人が頷き、実浩は通話ボタンを押した。

「南さん？」

『あ……え？　実浩くん？』

「そうです。こんばんは」

『雅人は？　今、どこにいるの？』

問われるまま答えることに、実浩は何のためらいも抱かなかった。

「渋谷《しぶや》のセルリアン……」

「こらっ」

慌てて雅人が止めに入ったが、すでに遅かった。

『ふーん、なるほど。今日は泊まり？』

「みたいですけど……」

『じゃ、今からお祝いに行ったげる。って、雅人に言っておいて。どうせ和人さんは、反対なんかしなかったでしょ？』

まるで見ていたようなことを言う彼女に、実浩は目を丸くする。雅人ですらそこまで楽観視していなかったのに、これはどういうことだろうか。

疑問はすぐに晴れた。

『この間、聞かれたのよ。そのときにね、感触良さそうだなって思ったの』

そういえば彼女の実家は和人の家――つまりは雅人の実家の向かいだった。和人との面識も当然あるのだ。

「そうだったんですか……」

『うん。というわけで、これから行くわ。あ、雅人にいろいろ良さげなデータを持っていくから、って言っておいて。じゃね』

　一方的にそう言うと、絵里加はぷっつりと電話を切った。

　半ばあっけに取られて実浩は雅人の顔を見つめた。溜め息まじりの顔は、それでも諦《あきら》めの色を浮かべている。

「来るって言ってただろ」

「聞こえてた？」

「いや、想像がつく。どうせ奢《おご》れって言うんだろうな」

　やれやれと言わんばかりだが、仕方ないと納得はしているようだった。何しろ彼女には恩がある。今こうして実浩と雅人が一緒にいられるのも、彼女が実浩を探し当ててくれたからだ。

「ま、泊まっていくわけじゃないしな。美味《うま》い料理と酒でも奢れば、上機嫌で帰っていくだろ」

　雅人は実浩を抱き寄せて、キスをしようとする。

「あ、いろいろ良さそうなデータを持ってきてくれるって言ってた」

「わかった」

「仕事？」

言いながら、珍しいなと率直な感想を抱く。雅人と絵里加が仕事上で繋がるなんてことは、まずないことだと思っていたからだ。

雅人は微笑みながら、もったいを付けるようにして言った。

「何だと思う？」

「そんなこと言われても……」

「実浩と俺の家を建てるための、土地探し」

「え……？」

実浩はきょとんとして、それきり声もなく雅人を見つめた。じわじわと、言葉が実感となって頭の中に染み込んでいく。

問うような目をしていると、唇にちょんとキスが降った。

「あの家を建てて、一緒に住もう」

まるでプロポーズみたいだと思った。

ぎゅっと抱きしめられて、耳元でもう一度囁《ささや》かれる。

いつか……とは思っていた。けれど、こんなに早く実現に向けて動き出すのだとは思ってもいなかったのだ。

実浩は雅人の肩に顔を押し付けて、両手でその背中を抱き返した。

「嬉しい？」

「うん」

それしか言えなかった。

雅人の指先が実浩の顎をすくい上げ、今度は深くくちづけてくる。ひとしきり結び合ってから、ゆっくりと離れていって、そのままどちらからともなく笑みを浮かべた。

「続きってわけにはいかないいな」

後で……と雅人が耳元で囁く。

実浩は小さく頷いて、もう一度肩に顔を伏せて目を閉じた。

あとがき

こんにちは。

リンクスロマンスでは、はじめましてとなります、きたざわ尋子です。

鍵のかたち、いかがでしたでしょうか。

例によってタイトルは、担当さんとずいぶんと考え込みました。

とにかく「鍵」は使おう、ということになり、そこから何かないかしら……と、かなり長いこと考えた末に、結局シンプルに（笑）。

そして続編タイトルでまた頭を悩ませております。このあとがきを書いている現在、まさに続編タイトルを考えております。

いつも「タイトル未定」のまま原稿を出してしまい、かなり後になってからようやく決まるというパターンなので（たまに最初から決まっていることもありますが、滅多にないです）、イラストをお願いしている方の手元には、確率半分以上で、「タイトル未定」の原稿が届いている状態です。反省……。

タイトル……かなり悩むんですよ、いつも。

ところで友達に、「鍵というのはアレの意味があるらしいよ」と言われました（笑）。そ、そうなのか……。

ちなみにアレというのは、アレなので、当然、鍵穴というのも……(以下略)。

そんなことはさておき、雑誌掲載時は、主人公の実浩と雅人がどうなってしまうのかと、やきもきされた方もいらっしゃるかと思います。

実際、前後編だということに気づかず読まれた方に、「あんなとこで切るなんてーっ」と訴えられもしました(笑)。

まぁ、でもこんな感じに収まっております。

雨降って地固まる……。

ところでこの話を書くにあたり、わからないことなどをいろいろと教えてくれたIさん、どうもありがとう。

彼女はちょうど、絵里加と同じ仕事をしているのです。

話を聞きまくって、面白いことも聞かせてもらいました。

マンションの間取り図などをもらったりして、資料とは関係なく私はかなりウキウキでしたとも。

昔から、新聞のチラシなどで入ってくる、物件の間取り図を見るのがとても好きで、今でも必ず入ってくるとひとしきり眺めているんです。

意味もなく住宅情報誌を買ってきたり、インテリアの写真集を買って来ることもあるくらい（笑）。

ドールハウスも好きなんですよ。お家の模型とか図面とか、とてもとても好き。プラモデルツボや人形ツボはないんですが、小さな食器とか家具とか、そういうのはとても好きです。

でもドールハウスには手を出さないことにしてます。凝りだしたら大変なことになるのが目に見えてますし、だいたい、そんなものがうちにあったら、たちまち愛猫に顔突っ込まれて、前足で「ちぇいっ」とやられて、椅子やテーブルが、どっかに吹っ飛んでいってしまいそうですから……。

話に出てきた二人の「家」も、図面や模型で見られたら楽しいだろうなぁ……。

まぁ、次回は二人のお家について、また多少の変更があったりするんですが（と、さりげなく予告）。

さて。

イラストをお願いしたＬｅｅ様、お忙しいところを、本当にどうもありがとうございました。

素敵な表紙で嬉しいですっ。

次回もどうぞよろしくお願いいたします。

いつも一緒にタイトルを考えてくれる担当Uさん、どうもありがとう。これからもよろしくお願いします。

雑誌掲載時の永瀬由成様もありがとうございました。

そして、読んでくださっている皆様、どうもありがとうございました。

再来月には続編も出ますので、またよろしくお願いします。

きたざわ尋子

初出
鍵のかたち――――――――――――2002年　小説エクリプス6月号・8月号（桜桃書房）掲載
あいかぎ――――――――――――書き下ろし

LYNX ROMANCE・LYNX COLLECTION

新書・コミックス既刊案内

リンクスロマンスは毎月末日発売、
リンクスコレクションは24日発売です。
品切れの場合は、店頭で注文してください。

リンクスロマンス／定価855円＋税
リンクスコレクション／定価590円＋税
発行／幻冬舎コミックス　発売／幻冬舎

アット・ハート　LYNX ROMANCE

松永也槻　ill.高久尚子

＊＊＊＊＊＊＊＊＊＊＊＊＊＊＊＊＊＊＊＊＊

顔立ちは整っているが、雰囲気が地味な劇団俳優の中園慧輔は、ひとまわりも年上で、天才的な演技力をもつ人気俳優・浅居と恋人関係。浅居に強引に口説かれて始まった同棲も早二年になる所だった。

そんな折、浅居の息子がTVの制作発表会で『小劇団あがり』と浅居をこきおろす。激昂する浅居と複雑な心境の中園だったが、その子供が突如現れ、一緒に暮らすことになり――!?

全編書き下ろしで登場!!

この罪《つみ》深《ぶか》き夜《よる》に

LYNX ROMANCE

和泉 桂　ill.円陣闇丸

****

没落しつつある旧家・清澗寺家。その長男の国貴は、幼馴染みで使用人の息子である遼一郎と偶然に再会する。ささいな誤解から離ればなれになっていた二人だったが、それをきっかけに、国貴は窮屈な暮らしの中の安らぎを遼一郎に求め、彼に惹かれていく。

　しかし、遼一郎には命に関わる重大な秘密があった。それを知った国貴は、自らの身体を差し出して救おうとするのだが……。許されぬ愛に溺れる、主従ラブロマンス。

契《けい》約《やく》不《ふ》履《り》行《こう》

LYNX ROMANCE

義月粧子　ill.雪舟 薫

****

有能なエンジニアである三崎と営業部長の土屋は、かつての上司と部下の関係。綺麗な顔で、仕事に厳しい三崎は、周囲から敬遠されがちな存在だが、土屋は彼の意外な面倒見の良さや温かい人柄に深い信頼を寄せていた。二人のこの信頼関係は、互いが結婚してからも変わることなく続いていた。

　ところが、土屋の離婚後、三崎の妻が突然亡くなってしまう。喪服のまま泣く三崎を前に、土屋は欲情している自分に気付き、衝動のままにキスしてしまうが…!?

晴れ男の憂鬱 雨男の悦楽

LYNX ROMANCE

水壬楓子　ill.山岸ほくと

＊＊＊＊＊＊＊＊＊＊＊＊＊＊＊＊＊＊＊＊

朝、目が覚めて耳に届く雨音に、志水は深い溜め息をつく。容姿・頭脳・人柄と揃い、三十歳で課長と順風満帆な人生を歩む彼だが、どうにも克服できない欠点があった。それは「雨男」だということ…。

入社式の司会を務める日、雨のなか鬱々と出社した志水は、高校時代の宿敵、「晴れ男」の泉と再会する。中途採用で転職してきたという彼を、疎ましく思う志水。けれど「晴れ男」を利用することを思いつき、泉を自分の部下に据えるが――!?

スレイヴァーズ ヌード

LYNX ROMANCE

華藤えれな　ill.雪舟 薫

＊＊＊＊＊＊＊＊＊＊＊＊＊＊＊＊＊＊＊＊＊

使用人の冴木鷹成に会社を奪われ、奴隷になることを強いられた社長令息の倉橋柊一。母親譲りの艶麗な美貌を持つ彼は、冴木のたくましい体躯や優秀な頭脳に、自尊心を傷つけられ打ち解けることができなかった。屈辱的な日々を過ごす柊一だったが、幾多の危機を冴木に救われ、歩み寄ろうとする。

しかし、冴木について何も知らないことに気づき、柊一は冴木を意識し始めるのだった――。

この本を読んでの
ご意見・ご感想を
お寄せ下さい。
〒102-0073
東京都千代田区九段北1-6-7　岡部ビル2F
小説リンクス編集部
「きたざわ尋子《じんこ》先生」係／「Lee《リー》先生」係

リンクスロマンス

鍵のかたち

2003年3月31日　第1刷発行

著者……………きたざわ尋子《じんこ》
発行人…………伊藤嘉彦
発行元…………株式会社　幻冬舎コミックス
〒151-0051　東京都渋谷区千駄ヶ谷4-9-7
TEL 03-5411-6431
発売元…………株式会社　幻冬舎
〒151-0051　東京都渋谷区千駄ヶ谷4-9-7
TEL 03-5411-6222（営業）
振替00120-8-767643
編集……………株式会社　インフィニティ　コーポレーション
〒102-0073
東京都千代田区九段北1-6-7　岡部ビル2F
TEL 03-5226-5331（編集）
印刷・製本所…図書印刷株式会社
検印廃止

ISBN4-344-80224-1 C0293
Printed in Japan

幻冬舎コミックスホームページ　http://www.gentosha-comics.net